Angharad Tomos: Inmitten der Nacht

Die Originalausgabe erschien 1997

unter dem Titel *"Wele'n Gwawrio"*

bei Y Lolfa Cyf., Talybont, Ceredigion SY24 5AP, Großbritannien;
www.ylolfa.com

© 1997 Angharad Tomos und Y Lolfa Cyf.

Für die deutsche Ausgabe

© 2013 Marika Fusser, 3 Tai Minffordd, Rhostryfan, Caernarfon, Gwynedd LL54 7NF, Großbritannien; *www.marikafusser.com*

Alle Rechte vorbehalten.

Copyright des Zitats von Irvine Welsh © 1996 Verlag Rogner & Bernhard

Umschlagillustration: Arfon Rhys

Veröffentlicht als print-on-demand durch *lulu.com*

Bestellangaben für diese und die e-book-Ausgabe:

www.marikafusser.com/inmittendernacht/

ISBN 978-1-291-38899-2

Angharad Tomos

Inmitten der Nacht

Roman

Aus dem Walisischen von Marika Fußer

www.marikafusser.com/inmittendernacht/

Für Ben - dafür, dass er die Geschichte geteilt hat

Alles, was dir vor die Hände kommt, es zu tun mit deiner Kraft, das tu; denn bei den Toten, zu denen du fährst, gibt es weder Tun noch Denken, weder Erkenntnis noch Weisheit.

Prediger 9,10

Per definitionem hat man zu leben, bis man stirbt. Am besten macht man also aus dem Leben etwas so Vollkommenes und Erfreuliches wir nur möglich, für den Fall, dass der Tod ziemlich beschissen ist, wovon ich mal ausgehe.

Irvine Welsh

25. Dezember

Es war erster Weihnachtstag, und ich hatte rein gar nichts zu tun. Wie das solche Tage so an sich haben. Und auch dieser war genau wie immer.

Ich stand auf, machte Feuer und packte die paar Geschenke aus, die ich unter dem Baum liegen hatte. Immerhin hatte ich einen Baum aufgestellt und ein bisschen Weihnachtsschmuck verteilt - hier etwas Ilex und da ein bisschen Toffee, bloß um mich selbst daran zu erinnern, dass eine besondere Zeit im Jahr war. Ich neigte nicht zu Übertreibungen, aber es wär doch ein verdammt ödes Jahr, wenn man die Jahreszeiten nicht irgendwie unterscheiden könnte.

Sguthan drückte sich neugierig an meine Seite. Ich schätze, sie erholt sich immer noch von dem Schock, dass sie heute morgen Sahne in ihrer Untertasse gehabt hat. Der Bestand an Geschenken war gar nicht so übel dieses Jahr - ich bekam nur zwei Schals und ein Paar Handschuhe. Von Malan bekam ich ein gutes Buch und von Her eine Kerze. Die andern machten sich nicht die Mühe mit Geschenken.

Dann saß ich da und starrte ins Feuer und fragte mich, wie spät ich's wohl werden lassen dürfte, eh ich zu meinen Eltern rüber führe. Es war einfach zu dreist, kurz vorm Mittagessen aufzutauchen und vorm Spülen wieder zu gehen, sogar für jemand wie mich. Da hörte ich ein Klopfen an der Tür.

Tock-tock.

Ich blieb sitzen in dem Glauben, dass ich mir das eingebildet hätte.

Tock-tock.

Wer um Himmels willen sollte am ersten Weihnachtstag vorbeikommen?

Tock-tock.

Das war doch einmal ein Tag, an dem die Privatsphäre aller respektiert wurde.

Tock-tock.

Ich versuchte durch's Fenster zu spinxen, wer da war, aber ich konnte niemand sehen. Vielleicht war's ja ein Geist.

Tock-tock.

Schließlich machte ich die Tür auf, es hätte ja ein Notfall sein können. Und da stand Her.

"Was willst du denn?"

"Weihnachtslieder singen tu ich - bloß hab ich meine Stimme verloren", sagte sie und drängelte sich an mir vorbei. "Lass mich reinkommen, ich frier mir was ab."

"Weißt du, was für'n Tag heute ist?", fragte ich.

Her hatte sich im Sessel vergraben und Sguthan auf ihren Schoß gepflanzt.

"Frohe Weihnachten!" rief sie, mit einem Lächeln, auf das die Sonne hätte neidisch sein können.

"Bist du auf der Suche nach 'nem Mittagessen?"

"Nein, ich hab gedacht, wir könnten mal bei Pill vorbeigehen."

"Heute?"

"Hast du was Besseres vor?"

"Ich muss in 'ner Stunde bei meinen Eltern sein. Pill wird keinen Krümel zu Hause haben."

"Noch ein Grund, bei ihm vorbeizugucken."

"Lass uns nach dem Mittagessen gehen."

"Lass uns das Mittagessen mitnehmen."

"Mama wird mich umbringen."

Schließlich einigten wir uns auf den Kompromiss, dass ich zum Essen zu meinen Eltern fahren und auf dem Rückweg Reste mitbringen sollte, und Her würde schon vorfahren und Pill Bescheid sagen. Her trank noch einen Tee und ging dann, und ich wusste, dass es kein erster Weihnachtstag wie jedes Jahr werden würde.

* * *

Papa öffnete die Tür und freute er sich unbändig, mich zu sehen.

"Jetzt kommst du", sagte er enttäuscht, während ich einen Schritt über die Schwelle machte, seinen Blick sah und wieder einen Schritt zurück machte, um meine Füße abzutreten. "Sie war den ganzen Morgen ganz allein mit den Vorbereitungen."

"Tut mir leid."

Ich hätte beinah hinzugefügt, dass Mama nicht ganz allein wäre, wenn ihr Mann sich bereitgefunden hätte, ihr zu helfen, aber ich hab's nicht gesagt. Entweder weil wir beide älter und vernünftiger geworden sind, oder weil ich jetzt mehr Mitleid mit ihm hab, ich weiß es nicht. Ein bisschen von beidem wahrscheinlich.

"Frohe Weihnachten, Mama!"

"Dir auch, Ennyd. Sei so gut, roll die Füllselkugel da in Paniermehl."

Und ich rollte die Füllselkugel in Paniermehl und fragte mich, was das mit der Geburt des Erlösers zu tun hatte, dazwischen dachte ich an meine Geschenke, freute mich darauf, mich mit Her zu treffen, und malte mir aus, was Pill wohl am Weihnachtsmorgen tat.

"Reich mir bitte mal die Brotsoße rüber."

"Noch jemand Bratensoße?"

"Nein danke."

"Schmeckt's?"

"Ja, mein Kleines - so gut wie immer."

"Der Rosenkohl ist nicht ganz so geworden."

Ja, es war ein ganz gewöhnliches Weihnachtsmittagessen wie jedes andere auch, wie jedes Sonntagsmittagessen, bis auf dass der Tisch mit tausend kleinen Schüsseln mit verschiedenen Soßen übersät war, und natürlich das Füllsel. Da ich kein Fleisch aß, bekam ich so ein Gemenge mit vielen Nüssen, mit anderen Worten das, was ich immer bekam, wenn ich bei meinen Eltern zum Essen war, Sommer wie Winter. Meine Mutter neigte dazu, die Tatsache, dass ich ihren Truthahn nicht aß, ziemlich persönlich zu nehmen.

"Viel zu tun, Ennyd?"

"Nein, es ist Weihnachten."

"Nein - das Geschäft im Allgemeinen meine ich."

"'s gibt genug Teller."

Sie hatten nicht die geringste Ahnung, was ich machte. "Unsere Tochter ist im Keramikgeschäft", pflegten sie zu den Leuten zu sagen; das klang besser, als dass das Mädchen Teller anmalte. Stockend schleppte sich das Gespräch dahin.

Aber irgendwann würde's so weit sein, dass das alljährliche Ritual zu Ende ginge und ich einen Seufzer der Erleichterung täte - bis mein Vater sich an die *crackers* erinnerte. Ich hab ja gar nichts gegen viktorianische Weihnachtsbräuche, bloß funktionieren sie am besten auf 'ner Party mit 'ner großen Gruppe von Leuten, die hackedicht sind. Dann macht's Spass, sich Kronen aufzusetzen, und sogar die Witze bringen einen zum Schmunzeln, aber benutzt sie um Himmels willen nicht mit drei Leuten, von denen zwei Antialkoholiker sind. Schon seit ein paar Jahren hatte ich die Vermutung, dass das der einzige Grund war, warum ich bei meinen Eltern zum Weihnachtsessen eingeladen wurde - als Ausrede, damit sie *crackers* ziehen konnten. Das muss man meinem Vater lassen, er hatte das Spiel echt drauf - er passte immer genau auf, dass er den braunen Streifen gut festhielt, und sein *cracker* krachte jedes Mal.

Er setzte sich den wackeligen Hut auf den Kopf und las den Zettel: "Was kommt raus, wenn man einen Elephanten mit einem Känguruh kreuzt?"

Ja, wir wissen's - große Löcher quer durch Australien. Das haben wir letztes Jahr schon gehabt. Um die Peinlichkeit zu überspielen, rätselten wir zwei Minuten lang, was denn die Plastikfigur sei, die sich in den Resten des Papiers verbarg. Diese vollkommen nutzlosen Dinge, die sechs Monate lang neben dem Wasserkocher liegen bleiben, 'für den Fall, dass die Kinder vorbeikommen'. Wenn die Kinder vorbeikamen, hatten sie viel interessantere Dinge zum Spielen als die Überbleibsel von *crackers*. Schließlich, nachdem man sich noch an den unvermeidlichen Pfefferminzplätzchen gütlich getan hatte, war das Mittagessen offiziell zu Ende.

Nach dem Weihnachtsessen pflegten Mama und ich Geschirr zu spülen, während Papa in seinem Sessel schlief. Mama redete jedes Mal über dasselbe - schade, dass meine Schwester und ich das Nest verlassen hatten, und was aus uns allen werden würde, und so weiter. Währenddessen pflegte ich irgendwas vor mich hinzumurmeln, mich gänzlich darauf zu konzentrieren, die Henkel der Tassen sorgfältigst abzutrocknen und darauf zu achten, dass die Gabeln blinkten. Ich wusste ganz gut, dass hinter diesem Gespräch die ewige stichelnde Frage lauerte, 'Wann gedenkst DU zu heiraten?'

Mama ging nie so weit, die Frage in Worte zu kleiden, sie wuselte nur darum herum wie Bienen um die Marmelade. Seit ich dreißig war, machte sie sich Sorgen, dass ich keinen Mann hatte, und das schien eine *Sünde* zu sein in den *Augen der Gesellschaft*. Dyddgu hatte geheiratet wie normale Menschen und hatte jetzt ein Haus voller Kinder. Und Mama war nicht die einzige, die sich Sorgen machte. Jedes Mal, wenn ich einen Ring am linken Ringfinger trug, fingen die Gesichter der Leute an zu strahlen, als wäre ich vor einem grauenvollen Schicksal errettet worden, und dann musste ich sie enttäuschen. Pill und ich hatten mehr als einmal davon gesprochen, zum Spaß zu heiraten - bloß um eine Riesenfete zu schmeißen und einen Haufen Geschenke zu kriegen. Wenn's ja Geschenke wären, die's wert wären, dann hätten wir uns die Sache vielleicht ernsthaft überlegt, aber was soll einen an einer Hochzeit verlocken, wenn es ein Paar Bettbezüge oder einen Satz Bratpfannen zu gewinnen gibt?

"Fühlst du dich nicht einsam so allein?"

"Ich bin rundum glücklich, Mama. Übrigens geh ich jetzt nach Hause."

"Jetzt?", sagte sie, als hätte ich verkündet, dass ich eine Bombe zünden wolle. "Aber du bist doch grad erst gekommen! Wir haben noch gar nicht vorm Feuer gesessen."

Ich hatte die Sache mit dem *Vorm-Feuer-Sitzen* vergessen. So war Weihnachten bei meinen Eltern. Als ich klein war, war es ein Anlass, dass die ganze Familie zusammenkam, Omas und Opas, unverheiratete Tanten und ein einsamer angeheirateter Vetter. Es war auch eine Gelegenheit, zu hören, wer gestorben war oder geheiratet hatte oder ein Baby erwartete. Aber bloß mit meinem Vater und meiner Mutter und mir war's ein vollkommen unnützes Ritual. Diese Weihnachten wagte ich die Unverschämtheit, zu sagen, dass ich diesen Nachmittag nicht vorm Feuer sitzen würde. Wenn ich blieb, pflegte sowieso ich als einzige mit Bewusstsein vor dem Feuer zu sitzen. Papa pflegte in seinem Sessel einzunicken, und Mama blieb in der Küche und werkelte. Und den ganzen Nachmittag hilflos vor mich hin rösten konnte ich genauso gut bei mir zu Hause.

Ich sauste also davon wie ein Vogeljunges, das zum ersten Mal aus dem Nest gelassen wird. Es gab kein besseres Weihnachtsgeschenk, als aus der Langeweile im Haus meiner Eltern entfliehen zu können. In Nullkommanichts stand ich vor der Tür von Cors. Die Tür öffnete sich, und da stand Pill. Außer dass sich seine Augenbrauen ein wenig hoben, verzog er keine Miene.

"Hallo, Pill. Willst du Gesellschaft haben?"

"Her ist da."

"Hast du für noch jemand Platz?"

Pills Haus war sehr anders als die Häuser anderer Leute. Es war weniger ein Haus als ein Bau. Es war ein außerordentlich heimeliger Ort unter der Bedingung, dass man sich in eine Decke oder einen Quilt wickelte und sich im Kreis um's Feuer setzte. Ohne derartigen Schutz bekam man einen fürchterlichen Zug ins Kreuz, und man litt tagelang. Einmal hatten Pills Freunde ihm ein Sofa vom Sperrmüll gebracht, aber Pill hatte nur die Kissen aufbewahrt und das Holz verfeuert. Danach hat niemand mehr Pill mit Möbeln belästigt.

Ich denke, 'ungewöhnlich' ist auch das beste Wort, um unsere Mahlzeit zu beschreiben. Ich hatte die Reste von dem Nusslaib mitgebracht, aber Pill sah ihn voller Verachtung an. Beinah hätte ich den berühmten geschenkten Gaul erwähnt, aber Pill war vollkommen glücklich mit seinen *turkey chunks*. Her war klasse, sie hatte einen ganzen Armvoll *mince pies* und Schokolade und Wein mitgebracht, und in Nullkommanichts fühlten wir uns pudelwohl.

Wir saßen ums Feuer und tauschten Erinnerungen aus - Pill und Her und ich. Der Wein floss, und die *mince pies* nahmen schnell ab, als es einen ohrenbetäubenden Knall gab. Zuerst dachte ich, es hätte jemand auf uns geschossen, aber als ein großer Stein vom Kamin auf die Feuerstelle rollte, wurde mir klar, dass die Sache ernster war. Das Zimmer füllte sich mit Rauch, und wenn Pill ein Telephon hätte, hätten wir die Feuerwehr angerufen. In Ermangelung einer solchen modernen Einrichtung holte Pill einen Eimer Wasser und schüttete den auf das Feuer. Da wurde mir der volle Ernst der Lage bewusst. Ohne Feuer in Pills Haus, da würden wir drei erfrieren. Wir hatten alle zu viel getrunken, um zu fahren, also hatten wir keine andere Wahl, als in dem Eisschrank zu bleiben.

"Ich hab nur ein Bett", war Pills Antwort, als wir ihn baten, über Nacht bleiben zu dürfen.

Das Ende der Geschichte war, dass wir drei uns in diesem einen Bett zusammendrängten. Pills Bett war auch nicht wie die anderer Leute: Es bestand aus einer großen Matratze ohne Gestell mitten im Schlafzimmer. Nach fünf Minuten von Pills Schnarchen hatte ich die

Schnauze voll und wanderte ans andere Ende vom Bett aus. Pill hob den Kopf und guckte auf mich da zu seinen Füßen herunter.

"Wenn du gestern Abend da gewesen wärst, hättest du meinem Strumpf Gesellschaft leisten können", sagte er.

"Du legst doch nicht noch einen Strumpf ans Bettende?", fragte Her scherzhaft.

"Für alle Fälle", sagte Pill mit einem deprimierten Unterton. "Man kann nie wissen... Ich leg 'ne Mandarine unten rein für den Fall, dass er sonst morgens ganz leer wär."

"Und, hat noch was Anderes der Mandarine Gesellschaft geleistet heute morgen?", fragte ich.

"Ein Fuß", antwortete Pill, "und an dem Fuß hing ein Bein, und an dem Bein hing die fantastischste Frau, die ich je im Leben gesehen hab. Es war die Fee vom Weihnachtsmann, und sie versprach mir, dass die folgende Nacht zwei Mädels mein Bett teilen würden..."

Jene Nacht schliefen wir beim Klang von Pills Geplapper ein.

Aber das währte nicht lange. Nach einer Weile wachte ich auf und dachte, die Kälte hätte mich aufgeweckt und mein Schädel wäre zu einem Eisklumpen geworden. Ich starrrte an die feuchte Decke und dachte mir, wie unabhängig Pill doch war, dass er lieber in solchen Bedingungen wohnte als nach jemandes Pfeife zu tanzen.

Dann erinnerte ich mich an damals, als sie Pill festgenommen hatten und Her mich anrief, um mir Bescheid zu sagen. Ich konnte's nicht glauben. Ausgerechnet Pill, der keiner Fliege was zuleide tat.

- Es klingt ernst... kommst du mit runter auf die Polizeiwache?

- Sofort...

Und so gingen wir runter und erfuhren, dass Ianto Geubwll auch festgenommen worden war, und das Ganze roch sehr komisch. Wir standen einen ganzen Tag vor der Polizeiwache, bis sie noch jemanden aus der Gegend von Rhyl geschnappt haben, und als Nächstes fuhr ein Polizeiwagen vor, und John Rong stieg aus. Eigentlich war es überhaupt keine Überraschung, dass der festgenommen worden war. Es war ein ziemliches Armutszeugnis für die Justiz in diesem Land, dass John Rong noch frei herumlief. Aber sein Metier waren Betrug und Drogen; ihm ein politisches Vergehen vorzuwerfen, war, als würde man den Papst wegen Prostitution vor Gericht stellen.

Es gab einen großen Prozess im Bezirksgericht in Caer Saint, und die Galerie war jeden Tag randvoll. Am Ende wurden John Rong und der Mann aus Rhyl freigesprochen, Pill bekam ein Jahr Knast, und Ianto Geubwll sitzt immer noch. Ianto könnte genauso gut tot sein, so viel Beachtung wie wir als Volk ihm schenken. In so fünf Jahren wird er freigelassen werden, und keiner wird mehr wissen, wer er ist. Er wird durch das Land laufen wie Lazarus, der von den Toten auferweckt wurde.

Es verstand niemand, was Pill getan haben sollte, um ein Jahr in Walton[1] zu verdienen. Er hatte bei den Protestaktionen der *Cymdeithas*[2] nie so sehr im Vordergrund gestanden - er war nur vor Ort als eine Art Anker, der ein Plakat festhielt oder ein Transparent oder einen Polizisten oder eine Farbdose - oder was immer grade festgehalten werden musste. Es wurde gemunkelt, dass er zur falschen Zeit am falschen Ort war, aber ganz bestimmt trifft das auf jeden einzelnen von uns zu. Ist irgendwer von uns zur rechten Zeit geboren worden? Da segeln wir fröhlich ins dritte Jahrtausend, und unsere Füße sind so gefesselt wie eh und je.

So lag ich da auf dem Rücken und spekulierte, welches Zeitalter denn das beste wäre, um darin geboren zu werden, als ich in der Ferne ein anhaltendes Kratzen hörte. Es war ein gleichmäßiges, eifriges Kratzen, und ich muss wieder in Tiefschlaf gefallen sein. Denn da waren wir alle, Pill und Malan und Her und ich, und außerdem Seibar und Giaff und die ganze Clique. Wir hatten ein großes Loch gegraben, um Ianto Geubwll zu befreien, und wir waren immer noch dabei, uns durch einen großen Tunnel in die Freiheit zu kratzen. Als ich zum zweiten Mal aufwachte, war die Clique verschwunden, ich lag im Bett, und das Kratzgeräusch war so anhaltend wie je zu hören. Ich trat Pill heftig in die Rippen.

"Da versucht sich jemand durch die Wand zu graben", erklärte ich.

Irgendwo tief aus dem Ödland des Schlafs antwortete Pill: "Das ist bloß Jerry."

"Gerry Adams?", fragte Her, offenbar hellwach. Her hielt große Stücke auf den bärtigen Iren. Ich war inzwischen komplett verwirrt.

"Jerry ist eine Maus", sagte Pill, bevor er sich auf den Rücken drehte und die ganze Wärme des Bettzeugs mitnahm. Zwischen Entsetzen und Angst schwebend, erinnerte ich mich plötzlich, dass Pill eine zahme Maus besaß. Offensichtlich darf sie sich im Haus frei bewegen.

Ach ja, die Anwesenheit einer Maus erklärte einiges von dem, was ich in verschiedenen Winkeln des Hauses gesehen hatte. Natürlich wäre Pill der letzte, der irgendwas in einem Käfig halten würde, nach dem, was er hinter sich hatte. Das Schloss von einem Käfig würde zu eindeutig an Walton erinnern.

"Oh Mann", sagte Her plötzlich. "Ich hab die ganze Nacht kein Auge zugetan."

"Bist du nüchtern genug, um Auto zu fahren?"

"Nein, aber wenn ich hier drin bleibe, werd ich an Unterkühlung sterben."

"Jerry würde sich aus deinen Eingeweiden ein Fest machen."

Ich konnte mich nicht entscheiden, was das schlimmere Schicksal wäre - ein Unfall in einem Auto mit Her am Steuer, oder stocksteif zu frieren und von einer Maus gefressen zu werden.

Her stand auf und stakste über Pills Körper. Vielleicht war er ja schon gefroren. Jedenfalls hatte er aufgehört zu schnarchen.

Wir gingen nach unten und erinnerten uns daran, dass man kein Feuer anmachen konnte in dem Zustand, in dem der Kamin war. Her versuchte einen Gasofen von bedenklichem Aussehen und noch bedenklicherem Geruch anzustecken. Aber alles war besser als auf Pills Matratze zu gefrieren und dabei den Possen einer Maus zu lauschen.

Es war nichts zu essen da außer einer Tüte Marshmallows, und ich erinnerte mich, dass das Pills Lieblingsessen war. Wir aßen alle ratzekahl leer. Entweder aus Erschöpfung oder wegen der giftigen Dämpfe im Wohnzimmer müssen wir schließlich beide vom Gas oder vom Tod überwältigt worden sein, denn ich kann mich nicht an mehr erinnern, was an dem Tag passiert ist.

26. Dezember

Anscheinend waren weder das Gas noch der Tod ganz so tödlich, denn zur meiner großen Überraschung wachte ich am nächsten Morgen auf. Hers Schicksal war noch ungewiss. Ich machte meine Augen auf und sah Pill mitten in der Asche sitzen mit einer Tasse Tee in der einen Hand und einer Zigarette in der andern.

"Frohen Stephanstag", sagte ich verschlafen.

Pill antwortete nicht. Er guckte die leere Marshmallows-Tüte an, als wäre die in seiner Abwesenheit zu essen ein Akt des Verrats gewesen.

"Wenn Stephanus der erste Märtyrer war, dann bist definitiv du der zweite", sagte ich, bevor ich hinzufügte: "Ich kauf dir 'ne neue."

Pill war in seiner eigenen kleinen Welt.

"Stephanus war Mitglied der Griechischen Sprachgesellschaft", sagte er. "Er war ein griechischer Jude, und alle sind über ihn hergefallen, weil er die Rechte der Griechischsprecher verteidigte. Deswegen wurde ihm vorgeworfen, das Gesetz Mose zu lästern."

"Und deshalb wurde er getötet?"

"Ja - gesteinigt. Eine beschissene Art zu sterben - mit Steinen beworfen zu werden."

"Lass das mal lieber", sagte ich, bemüht, hart zu sein. "Womit möchtest du denn beworfen werden?"

"Marshmallows."

Die Vorstellung von Pill in einem griechischen Hemd, wie er mit Marshmallows beworfen wird, zauberte ein Lächeln auf mein Gesicht.

"Bring uns beiden 'ne Tasse Tee, und wir fahren", sagte ich.

"Du fährst nirgendwohin, in der Verfassung, in der dein Chauffeur ist."

"Ich kann fahren, wohin ich will - ich bin der Chauffeur."

Ich guckte Her an: ein zerzauster, hilfloser Haufen auf dem Boden, mit ihrem stacheligen Haar wie ein kleiner Igel, der vor sich hindöste. Wie zum Henker konnte sie unter solchen Umständen hübsch aussehen? Ihr Gesicht war untypisch ruhig unter dem Einfluss des Schlafs, und die kleine Perle in ihrer Nase glänzte. Es würde eine ansehnliche Menge Koffein brauchen, um sie wach zu kriegen.

Ich fragte Pill nach seinem Garten, und er nahm mich mit raus hinter's Haus, um ihn anzugucken. Als ich mich in die frische Luft hinauswagte, kriegte ich einen Schock, wie frisch die Luft war. Trotz des kalten Winds stand da die nackte Dezembersonne herausfordernd zwischen den Wolken. Sogar mitten im Winter lag auf Pills Garten ein Segen. Es war ein sehr privater Garten, der überhaupt nicht das Bedürfnis hatte, sich vor jemandem zu zeigen. Das Beste daran war, dass die Zeit dort nicht existierte. Wenn man's recht bedachte, traf das auf Cors insgesamt zu; Uhren blieben dort stehen. Es gab zwei Arten, die Tage des Erdenmenschen zu messen - die Methode von Greenwich und die Methode von Pill.

Um das Handtuch von Wiese waren Steine vom Meer und Muscheln angeordnet. Hier und da waren Dinge, die die meisten Leute Müll nennen würden - Eisenstücke und verrostete Bettfedern, Ziegelsteine und vermoderte alte Holzstücke. Diese Dinge pflegten von der Menschheit vorübergehend benutzt zu werden, aber in Pills Garten verbrachten sie die Ewigkeit. Es war eine Art Himmelreich für Müll.

Pills Spezialität war, Unkraut anzubauen. Indem es über die verschiedenen Formen wuchs, bildete es höchst interessante Gewächse. Auf einem anderen Fleckchen hinter der Mülltonne wurden Salat und alle möglichen Kräuter angebaut, und soweit ich weiß, lebte Pill davon. Er baute alles an außer Cannabis (und das nur deshalb nicht, weil er erwischt worden war). Um weitere neugierige Leute fernzuhalten, bewachte ein Lehm-Polizist das Ganze. Jedes Mal, wenn ich in den Garten gehen durfte, gab es irgendein neues Wunder zu sehen. Ich sah Pill auch nie im Garten arbeiten. Ich glaub nicht, dass er andere Gartengeräte besaß als ein altes Messer und eine kleine Schaufel, aber seine Finger hatten die Begabung, die Natur an sich zu ziehen. Ich dachte ihn mir wie einen Harfenspieler, der seine Saiten anschlug, und die Pflanzen streckten ihre Köpfe aus der Erde, um sein Lied zu hören.

Her wachte nicht auf, bis es Mittag war, und bis dahin war kein Krümelchen Kaffee mehr übrig. Pill und ich hatten so viel geredet, dass nichts mehr übrig war, worüber man noch hätte reden können, und wir saßen auf dem Boden und starrten auf nichts. Naja, das stimmt nicht ganz. Ich sah einer langbeinigen Spinne zu, wie sie unbeirrt auf die Stelle zulief, wo Her lag. Sie zog sich völlig mühelos an ihrem Knöchel hinauf und lief ihre Beine entlang. Sie stakste über ihren Po und ihre Wirbelsäule entlang. Sie hielt inne, als sie den Igelkopf sah, bekam Panik, bog nach links ab, ihre Schulter hinunter und wieder auf den Fußboden. Her hätte geschrien, wenn sie das gewusst hätte.

Schließlich erhob sich ihr Körper, als würde er von oben von einem Puppenspieler gelenkt, und in dem Moment, wo ihre Augen angingen, wurde ihr Gesicht lebendig.

"Ich will nach Irland", sagte der Mund mechanisch.

Das war kein gutes Zeichen. Manche Leute fliehen in den Alkohol, andere in die Politik; wieder andere in Drogen, und manche in die Religion. Bei Her war's Irland. Irland war Hers Alkohol, ihre Droge und ihr Glaube.

"Du kannst nicht fahren, es ist Stephanstag."

"Scheiß auf Stephan."

Und das war genau, was wir alle dachten. Ich hatte vergessen, wie langweilig besagter Tag sein konnte. Ich vermute, er ist als der langweiligste Tag des Jahres entworfen worden, um Weihnachten aufregend aussehen zu lassen. Pill kicherte vor sich hin.

"Stan Stephan - weißt du noch?"

"Nein."

"Dei Shwmai - als er Walisisch gelernt hat. Er versuchte, den Sieben-Uhr-Nachrichten zu folgen, und glaubte, Stan Stephan sei der Korrespondent der BBC in London.[3]"

"Dei Shwmai - und guck, wo er jetzt ist."

"Ja - Korrespondent der BBC in London."

Komische Welt.

"Wer kommt mit nach Irland?", fragte die traurige Stimme wieder.

"Morgen fahren wir", sagte ich, um sie zum Schweigen zu bringen. "Ich geh 'ne Runde spazieren."

Ich hatte die Nase voll von der feuchten Dunkelheit von Pills Haus. Im Garten hatte ich Lust bekommen, wandern zu gehen. "Hat jemand Lust auf 'n Spaziergang?"

"Lass uns 'n Spaziergang nach Irland machen", sagte die Schallplatte mit Sprung.

Da sah ich sie - in ihrer ganzen mäusigen Großartigkeit - niemand anders als Jerry. Ich erstarrte auf der Stelle, und sie bemerkte mich auch. Eine Sekunde lang starrten wir einander an, bis Pill bemerkte, dass was nicht stimmte. Er stand auf und nahm sie und streichelte sie.

Das war zu viel für Her. Jedes Verlangen, auf die Grüne Insel zu fahren, verschwand; die größere Priorität hatte, Pills Haus so bald als irgend möglich zu verlassen. Ich konnte's ihr nicht verübeln. Gut möglich, dass das Tier ein Trick von Pill war, um seine Gäste loszuwerden, wenn er von ihnen die Nase voll hatte.

Wir machten einen Spaziergang nach Bryn Melyn, und es war schön, die Lunge mit frischer Luft zu füllen und den Kopf an der herrlichen Aussicht zu berauschen. Es war verteufelt kalt, aber das war nur ein zu vernachlässigender Preis, den wir zu zahlen hatten. Die Tatsache, dass es als Frühstück und Mittagessen in einem Pralinen und Toast gegeben hatte, hatte uns nicht wirklich gewärmt, obwohl der Aufenthalt in Cors eine gute Übung war für arktische Temperaturen.

"Ist es nicht schön, frei zu sein?", fragte ich.

"Wie? - aus den Fängen von deinem hektischen Von-fünf-bis-neun-Job in dem Büro im zehnten Stock?", fragte Her scherzhaft.

"Du weißt, was ich meine."

Her und ich hatten uns noch nie an irgendwelche festen Arbeitszeiten halten müssen. Her arbeitete im Sommer in der Besucher-Töpferei *Pat a Pot*, und im Winter machte sie ihr eigenes Zeug. Und das Bemalen der Teller gab sie bei mir in Auftrag.

"Ich wär gern Schäferin", sagte ich, "in einer kleinen Hütte auf dem Hügel den ganzen Tag Schafe beobachten."

"Du hättest dich schon vor Langeweile erschossen, du kleine Träumerin", sagte Pill.

Und bestimmt hatte er Recht, aber ich versuchte, meinen Standpunkt zu verteidigen: "Immerhin wär das besser als 'n Bürokrat zu sein, der in 'nem Büro Akten hin und her schiebt."

"Ich persönlich seh keinen großen Unterschied zwischen Wolle-hin-und-herschieben und Worte-hin-und-herschieben."

"Du hast mehr Chancen auf 'ne Beförderung, wenn du Worte hin und her schiebst."

Beförderung - das war die Achse, um die alles sich drehte. Man muss ihnen nur eine 'Beförderung' vor die Nase halten wie eine Möhre, und schon wären die meisten Leute bereit, alles zu tun.

"Ein Job wär schön, von Beförderung will ich gar nicht reden", sagte Pill.

Inzwischen waren wir ein ganzes Stück gegangen, und als wir über Clogwyn Bach gingen, sahen wir die Wyddfa[4] in ihrer ganzen Pracht. Ich hab die Wyddfa immer als einen würdevollen Berg wahrgenommen. Einen Berg, der auf seinem Platz zufrieden ist. So, als wäre er der erste gewesen, der dort hingesetzt wurde, und dann hätte

Gott den Rest ihm als Hintergrund gebaut. Ich würde sogar sagen, dass er mehr Zeit als gewöhnlich darauf verwandt hat, die Wyddfa zu formen, zwei feine Schultern hinzusetzen, die am schönsten sein würden unter einer Decke von Schnee. Der Standort ist ihm auch hervorragend gelungen - auf beiden Seiten solide Berge, aber belanglos genug, um die Augen auf die Wyddfa zu lenken. Er hat auch dafür gesorgt, dass die Sonne sie im besten Licht erscheinen lässt, wo immer sie grade steht, und dass jeder, der das Ganze ansieht, sich auf der Stelle in sie verliebt.

Ich wollte diesen Gedanken mit Pill und Her teilen, aber irgendwie war es nicht nötig. Ihr Schweigen bezeugte, dass auch sie unter dem Einfluss desselben Zaubers standen.

"Selbst wenn du mich dafür bezahlen würdest, ich würd nirgendwo anders wohnen wollen", sagte Pill, und das gab mir zu denken. Gut möglich, dass Pill ein besseres Haus haben könnte - nicht so feucht, zur Miete, oder zu besonderen Konditionen von der Gemeinde, unten in Caer Saint oder noch weiter. Aber dann hätte er diese Aussicht nicht zehn Minuten von seiner Gartentür - er hätte gar keinen Garten, und Pill würde lieber hier rum in einem Stall hausen, als von seinem Garten und dieser Schönheit getrennt zu werden. Hier sahen wir auf Pills wahren Reichtum. Das war es, was er über alles schätzte.

"Das können sie uns niemals wegnehmen", sagte Her. "Egal, was sie tun, das werden wir für immer und ewig haben."

"Und man braucht kein Formular, um die Erlaubnis zu bekommen, es anzusehen. Du kommst oft hierher, Pill, oder?"

"Jeden Tag... und manchmal nachts."

Her und ich drehten uns um und sahen ihn an.

"Was siehst du dann?"

"Mond und Sterne und die Umrisse der Berge, wie sie mit der Nacht spielen."

"Lass mich mal mitkommen, um das zu sehen", schlug ich vor.

"Es macht die seltsamsten Dinge mit deinem Kopf."

"Nicht seltsamer als die Sachen, die du rauchst."

"Wart's ab."

"Kommen wir doch morgen Abend", schlug Her vor.

"Lass uns bis Freitag Abend warten", sagte ich mit einer plötzlichen Eingebung. "Ich kann mir keinen besseren Ort denken, wo man in der Neujahrsnacht sein könnte. Stell dir vor, wie's wär, den Sonnenaufgang des neuen Jahrtausends von der Wyddfa aus zu begrüßen."

"Ich kann mir was ausdenken, was mein Körper mehr zu schätzen wüsste", sagte Her.

"Dann wart du unten mit 'ner Thermoskanne", sagte Pill mit einem Zwinkern.

Die Vorstellung, dass Her irgendwo mit einer Thermoskanne auf uns wartete, war völlig absurd. Mir gefiel die Verrücktheit des Plans, und ich freute mich schon. Das hielt mich den ganzen Weg nach Hause warm.

Ich war froh, in meinem eigenen kleinen Häuschen anzukommen an jenem Abend. Her wollte, dass ich mit zu ihr käme, aber das war Hers Schwäche - und gleichzeitig ihre größte Stärke - sie wusste nicht, wann es Zeit war, aufzuhören. Ich sagte ihr, sie solle nach Hause gehen, um nüchtern zu werden und sich auszuschlafen, und wir sähen uns morgen. Wir mussten unseren Häusern ab und zu einem Besuch abstatten, sonst machte's keinen Sinn, sie zu haben.

Tatsächlich sah Her nicht viel Sinn darin, ein Haus für eine Person zu haben. Sie hatte wiederholt versucht, mich zu überreden, bei ihr und Giaff und Seibar und dem Rest einzuziehen. Sie konnte nicht verstehen, wie jemand freiwillig allein wohnen und schlafen konnte. Aber ich konnte's immer nur gewisse Zeit mit andern aushalten, deshalb machte ich mich auf den Heimweg.

Als ich zu Hause ankam, begann es dunkel zu werden, und die Gänse flogen miteinander dem Sonnenuntergang entgegen. Wahrscheinlich waren es Möwen, aber ich hatte manchmal die Schnauze voll von Möwen und tat so, als wären's gescheitere Vögel. Aus einem unerklärlichen Grund waren Gänse am Himmel sehr viel poetischer.

Sguthan warf mir einen komischen Blick zu, als ich zur Tür rein kam. Sie vermochte mich haargenau so anzusehen wie Miss Preis von der Sonntagsschule damals, mit einer Mischung aus Verachtung und Desinteresse. Mich ließ das kalt - wenn sie ja bereit wäre, eine Leine um den Hals zu tragen, würd ich sie überall mit hinnehmen. Aber Sguthan war ein höchst träges Wesen. Sie fand gar nichts dabei, einen ganzen Tag auf dem Sofa zuzubringen. War auch besser, dass sie nicht mitgekommen war. Das Leben der armen Jerry hätte ein recht jähes Ende gefunden.

Ich machte mir eine Tasse Tee und ein bisschen Toast, und dann machte ich Feuer und ließ mich davor nieder. Madame hielt sich auf Distanz, um zu zeigen, dass sie mit sich allein völlig zufrieden war. Mir machte das nichts, ich mochte Katzen nicht übermäßig gern. Nicht ich hatte mir ausgesucht, sie hier zu haben. Malan hatte drei oder vier gefunden und sie nicht ertränken können, und ich war dumm genug, Mitleid zu haben. Wenn ich schon ein Haustier hätte, dann viel lieber einen bunten Papagei oder einen Schimpansen. Letzterem könnte ich beibringen, schon mal Feuer zu machen und den Wasserkocher anzustellen, um mich zu Hause zu begrüßen. Außer dass sie Mäuse fernhielt, hatte eine Katze keinen praktischen Nutzen. Aber in Anbetracht meiner Angst vor Mäusen war Sguthan auf jeden Fall die nützlichste Freundin, die ich hatte.

Eine Welle von Zufriedenheit kam über mich, als ich so auf dem Sofa saß am Abend des Stephanstags. Ich hatte keinen Stress mit der Arbeit, es war Weihnachten, es drohte zu schneien, und die Gesellschaft von Her und Pill war warm und freundlich gewesen. Das Haus war relativ ordentlich, der Weihnachtsbaum sah hübsch aus, und ich freute mich auf Silvester. Es gab nichts Schlimmeres, als nicht zu wissen, was man an Silvester machen sollte, besonders auf einer Jahrtausendschwelle. Da rief Goronwy an.

"Ennyd?"

"Ja... Was ist los?"

"Müssen 'ne kleine Demo organisieren."

"Wogegen - Weihnachten?"

"Nein... 'Tschuldigung, dass ich dir damit auf die Nerven falle."

"Du hast nie was Anderes gemacht, Gron. Wo und wann?"

"Am Achtundzwanzigsten - in Bangor. Der Minister."

"Klasse, Gron - das hat mir genau gefehlt."

"Wir dürfen uns die Gelegenheit nicht entgehen lassen. Die Presse hab ich schon informiert. Die sind um halb elf an der Uhr."

Das war die Schwäche von dem Kerl. Er konnte sich keine Gelegenheit entgehen lassen. Er war viel zu gewissenhaft für diese Welt.

"Dann kann ich wohl nicht anders."

"Wenn Labour keine Ferien macht - warum dann wir?"

"Gron - Es ist Weihnachten - Bestimmt ist der Typ dort, um Lichterketten anzuzünden. Wir werden uns sehr beliebt machen, so was zu stören... Wie ist die Linie?"

"Wie üblich – Blairs Speichellecker... warum wir kein Parlament kriegen für Wales ... und so weiter..."

"Und so weiter... Okay - mal gucken, was ich machen kann. Tschöö."

"Tschöö - und ein frohes neues Ohr."

Ich glaub, sein Humor ging mir am meisten auf die Nerven.

Ich lehnte mich auf dem Sofa zurück und dachte nach, was zum Teufel ich jetzt machen sollte. Die Welle von Zufriedenheit war weg, und ich fühlte mich auf dem Strand der Verdrossenheit zurückgelassen. Ich rief Her an, um ihr Bescheid zu sagen. Natürlich ist sie in die Luft gegangen.

"Und wo bleibt Irland?"

"Fünfzig Meilen vor Holyhead - wie eh und je."

"Ennyd - du hast es versprochen."

"Lass uns am Neunundzwanzigsten fahren."

"Das ist dann der Morgen nach der Hochzeit."

"Hochzeit? Dann kannst du nicht zu der Demo kommen?"

"Nein."

"Wer zum Teufel heiratet an so einem Datum?"

"Es ist eilig..."

"Wer?"

"Iona, die mit mir in die Schule gegangen ist - und Nedw Plas."

"Nedw Plas heiratet?"

"Irgendwann machen das alle."

"Aber er muss doppelt so alt sein wie sie."

"Na und?"

"Wie wär's, wenn wir am Dreißigsten fahren?"

"Versprochen?"

"Versprochen."

Das ist meine größte Schwäche - versprechen, versprechen, versprechen. Allen alles versprechen und es nachher bereuen. Nach nur zwei Telephongesprächen hatte ich eine Demo zu organisieren und einen Ausflug nach Irland vor. Ich ging früh schlafen an diesem Abend - eh noch jemand anrief.

Als ich mich auszog, sah ich mich aus dem Augenwinkel im Spiegel, wie ich den Unterrock über den Kopf zog. Ich erinnere mich, wie ich vor Jahren einen Unterrock über den Kopf gezogen und versucht hatte, einen Schleier vorm Gesicht zu machen, und mir vorgestellt hatte, wie ich am Tag meiner Hochzeit aussehen würde. Das ist eine Sache, die ich niemals versprochen hab - nie mich selbst einem Mann versprochen und versprochen, für den Rest meines Lebens mit ihm zu leben.

Ich sah das Gesicht im Spiegel lange an und ließ dabei den seidenen Unterrock zu Boden gleiten. Es war lange her, seit ich mich so richtig eingehend betrachtet hatte. Wie viel Zeit hatte ich früher vor dem Spiegel zugebracht. Mir Sorgen gemacht um diesen oder jenen Pickel oder darum, dass meine feinen Augenbrauen nicht genau symmetrisch waren. Versucht, das Rohmaterial mit einer kräftigen Portion Wimperntusche und einem bisschen Lippenstift zu verbessern - nur um jedes Mal vom Ergebnis enttäuscht zu sein. Hatte nicht verstehen können, warum ich nicht genauso aussehen konnte wie die Frau in der Illustrierten. Dieses Schundblatt hatte mir nur das bisschen Selbstvertrauen, das ich hatte, gestohlen. Je mehr ich mir in Erinnerung rufe, desto mehr Mitleid hab ich mit jener armen Achtzehnjährigen.

Und wer bist du jetzt, Ennyd Fach, wo du auf die Vierzig zugehst? Meine Augen starren noch immer in den Spiegel, die braunen Augen, die so gern lachen, die unberechenbaren Haare, die immer gesprenkelter werden. Ich denke, mein Gesicht ist inzwischen ein interessantes, ein Gesicht, dem man einen Charakter mit Lebenserfahrung ansieht.

Spar dir die Lüge, Ennyd, alt wirst du, du dummes Huhn. Verdammt interessant! Wenn du'n Mann wärst, würdest du jeden Tag 'interessanter', aber du gehörst dem falschen Geschlecht an. Wenn du diese Haare nicht immerzu färbst und ernsthaft was für deinen Teint tust, wirst du zu einer von diesen kugelrunden Frauen, die so auf die Fünfzig zurollen.

Ich hab Angst, nach weiter unten zu gucken. Die Haut wird so schlaff um den Hals. Vielleicht sollte ich versuchen, den Kopf nicht so oft zu drehen. Diese Brüste sind schon vierzig - und schätzungsweise ein oder zwei Zoll größer. Je weiter ich nach unten gehe, desto runder werde ich. Ich hab immer versucht, mich damit zu trösten, dass Männer in Wirklichkeit Frauen mit so einer Figur mögen. Wenn ich im 17. Jahrhundert leben würde, wäre ich sehr gefragt als Modell für Maler und als Muse für Dichter.

Geh in dein Bett, Ennyd, und hör auf zu grübeln. Ich bedecke meinen Körper mit einem Pyjama und lasse meine Gedanken rückwärts wandern, um mich am Feuer von Erinnerungen zu wärmen. Die große Liebe meines Lebens war Sam Sullivan aus der Grafschaft Cork. Nicht, dass was nicht in Ordnung war an den Männern dieser Inseln hier, aber in Sachen Romanzen sind die Iren unschlagbar.

Es war ungefähr zu dieser Zeit im Jahr, und ich versuchte, vor Weihnachten zu fliehen in der hintersten Ecke von Irland. Her hatte mich überredet, mitzukommen, aber sie wurde von Sehnsucht nach ihrem Freund übermannt und machte sich am Tag vor Weihnachten wieder nach Wales auf. Ich war dickköpfig genug, zu bleiben, und ich glaub, ich hab mich niemals so einsam gefühlt. Ich war einfach nicht drauf gekommen, dass in Irland genauso gut Weihnachten ist wie irgendwo sonst, und natürlich war's unmöglich, davor zu fliehen. Als ich am ersten Weihnachtstag allein spazieren ging, guckten mich alle andern verdutzt an.

Sam Sullivan verbrachte einen großen Teil seiner Zeit damit, seinem Freund Gesellschaft zu leisten, der in der *Anchor*-Bar in Ballydehob arbeitete. Zuerst ist ihm mein Akzent aufgefallen.

- Du kommst nicht aus dieser Gegend.

- Nein. Ich bin aus Kerry.

- Und was machst du hier?

- Eine Studie über die Neujahrsbräuche der Iren von Cork.

Er behauptet, er hätte gleich gemerkt, dass ich Waliserin war, aber ich glaub ihm das nicht. Er war ein größerer Meister im Geschichtenerzählen als im Erkennen von Akzenten.

Als es an Silvester auf halb zwölf zuging, erklärten Sam und seine Freunde, sie wüssten genau, wo man an diesem Abend Spaß haben könnte. Wir stiegen in ein antikes Auto und fuhren im Schneckentempo zum *Dingles*. Das *Dingles* war ein einstöckiges Nachtlokal, das schon bessere Tage gesehen hatte, direkt am Meer, und es muss wirklich gut gewesen sein, denn als wir an die Tür kamen, war der Laden schon proppenvoll, und es wurde niemand mehr reingelassen. Da es inzwischen Mitternacht wurde, rannten wir runter an den Strand, fassten uns im Kreis an den Händen und sangen *'Auld Lang Syne'* mit der Band im Hotel als Begleitung. Als der Kreis sich auflöste und ein vielversprechendes neues Jahr voller Träume begann, behielt Sam meine Hand in seiner. Wir gingen den Strand entlang und verloren die andern. Im Mondschein flüsterte er magische Verse in mein Ohr:

> *"Where the wave of moonlight glosses*
> *The dim grey sands with light,*
> *Far off by furthest Rossess*
> *We foot it all the night*
> *Weaving olden dances,*
> *Mingling hands and mingling glances..."*

"Deine Worte?", fragte ich vorsichtig.

"Leider nein. Yeats."

Aber für mich werden es immer Sams Worte sein, und niemand kann den Zauber des Strands von Inchydooney aus meiner Erinnerung stehlen.

In jener Nacht stieg Sam ganz leise in mein Bett und stahl mir meine Jungfräulichkeit. Ich kann nicht behaupten, es in irgendeiner Weise zu bereuen, sie war mir eh eine ziemliche Last gewesen. Demnach, wie ich Männer kannte, erwartete ich, dass er sich bis zum Morgen davongemacht haben würde, hat er aber nicht. Vielleicht war der was Besonderes, aber andererseits, dieser hat - im Unterschied zu anderen - gekriegt, was er wollte. Er lag lang, lang bei mir, redete und liebte mich, und dazwischen rezitierte er Yeats und machte mir den Kopf wirr mit der Geschichte von Irland. Wir hatten das Gefühl, dass wir uns seit vor der Schöpfung der Welt kannten.

Danach hatte ich es gar nicht eilig, Irland zu verlassen. Ich hatte Angst, dass der Zauber, der Her ergriffen hatte, jetzt auch mich gepackt hatte. Sam gab mir einen Intensivkurs in der Geschichte der Gegend. Er zeigte mir Sam's Cross, und es war Mickey Collins, der die hitzigsten Diskussionen zwischen uns auslöste.

- Er war ein Verräter.

Das Lächeln verschwand von Sams Gesicht.

- Untersteh dich nicht, ihn in meiner Gegenwart so zu nennen.

Einige Mitglieder seiner Familie waren im Bürgerkrieg umgekommen. Kein Wunder, dass seine Gefühle da arg empfindlich waren. Ich lernte schnell, dass meine Version von den Geschehnissen in Irland mit einer Schicht von Romantik überzogen war. Sam brachte mir bei, dass Irland mehr bedeutet als 1916, und dass die Dinge viel komplexer und tausendmal bitterer sind, als ich gedacht hatte. Wofür ich mich interessiert hatte, war sowieso Nordirland gewesen, politische *Free Staters'* hatte ich noch nicht viele getroffen. Während ich Sam zuhörte, wurde mir klar, dass Irlands Auswanderungsproblem noch immer so groß war wie eh und je. Und ich machte es nicht gerade besser, indem ich ihn nach Wales verführte.

"Noch ein Ire, der weggeht", sagte ich, als wir auf den Hafen von Dun Laoghaire zurücksahen.

"Bloß vorübergehend", sagte er entschieden.

Er blieb einige Monate in Wales und lernte Walisisch, lernte eine Menge über Wales und über eine Geschichte, von der er nie zuvor gehört hatte. Nachdem er wieder nach Hause gefahren war, versuchten wir, die Beziehung am Leben zu erhalten, aber seitdem waren wir nur irgendwie so lose miteinander verbunden. Wir mögen beide die romantische Vorstellung von der 'Liebe jenseits des Meeres', aber wir sind zu fröhliche Charaktere und haben unsere Füße zu fest auf der Erde, um viel Zeit mit Kummer zuzubringen. Wir beide liebten ohnehin unser Land mehr als uns gegenseitig. Ich wäre niemals seinetwegen nach Cork gezogen, und er sah nichts so Besonderes in Wales, das ihn da hätte halten können.

"Nicht mal du", sagte er mit einem Zwinkern.

Ich kam zu dem Schluss, dass eine ziemlich große Liebe nötig ist, um sein Leben mit jemand anderem teilen zu können, und ich stieß einen stillen Seufzer der Erleichterung aus, als mir klar wurde, dass ich mir meine Unabhängigkeit bewahrt hatte.

Ich schreibe ihm öfter als er mir. Ich bekomme ab und zu kurze Briefe, die seine Sehnsucht ausdrücken, und sie bringen mich zum Lachen. Jedes Mal, wenn ich ihn treffe, können wir unbefangen miteinander reden, ohne dass eine öde Fremdheit zwischen uns kommt. Solange ich lebe, wird Sam in meinem Herzen einen warmen Platz haben. Wie oft bin ich mit diesem tröstlichen Gefühl eingeschlafen?

27. Dezember

Zu den ersten Freuden des Tages gehören eine zweite Tasse Tee zum Frühstück, die Zeitung zu lesen, Sguthan beim Waschen zuzusehen und darüber zu spekulieren, was der Tag wohl zu bieten hat. Es liegt ein Zauber in den frühen Morgenstunden. Das einzige, was meine Welt beeinträchtigte, war der Schatten von Zahnschmerzen. Ich hatte einen Zahn mit einer faulen Wurzel, und bisweilen war der Schmerz eine Qual. Ich wusste, dass die Lösung hieß, zum Zahnarzt zu gehen, aber ich wusste auch, dass der Zahnarzt den Zahn ziehen würde und mir einen falschen Zahn einsetzen würde. Die Vorstellung, einen falschen Zahn an mir zu haben, genügte, dass ich die Zahnschmerzen auszuhalten versuchte.

Als ich aufstand, um im Haus herumzugehen, führten meine Füße mich ins Atelier. Ich hatte zwei Tage untätig zugebracht, und meine Hände waren begierig, etwas schaffen zu dürfen. Eins der Dinge, auf die ich mehr als auf alles Andere stolz war, war das kleine Atelier im hinteren Zimmer des Hauses. Dort machte ich all meine Malarbeit, und in dem Moment, wo ich dieses Zimmer betrat, zählte der Rest der Welt nicht mehr. Ich konnte völlig in der Arbeit aufgehen.

Einige Teller hatten vor Weihnachten die erste Schicht Farbe bekommen und warteten nun darauf, verziert zu werden. Ich zog meine Schürze an, band meine Haare zusammen, krempelte die Ärmel hoch und begann, mit den Buntstiften Muster zu entwerfen. Wenn ich mit einem Entwurf zufrieden war, machte ich mich mit der Farbe daran und ließ die das Muster zum Ausdruck bringen. Hin und her, hierhin und dahin tanzte der Pinsel mit der Farbe und erzeugte eine Wirkung, die mich jedes Mal erstaunte. Alle möglichen Wunder inspirierten mich - ein Blatt an einem Baum, der Flug eines Vogels (solang's keine Möwe war), die fragilen Flügel eines Insekts, das Schleichen einer Katze, die Farben des Sonnenuntergangs oder der Duft von Geißblatt. Man konnte sie für einen Augenblick einfangen und für die Ewigkeit dokumentieren. Beim Malen spekulierte ich gern darüber, was wohl das Geschick des Tellers sein würde. Was für eine Person würde es sein, deren Blick er anziehen würde? Es war verdammt schwer, sich zukünftige Kunden vorzustellen. Würde der

Teller das Interesse eines Sammlers wecken? Würde er zu einem Geschenk als Erinnerung an einen bestimmten Anlass? Würde eine Frau Gefallen an ihm finden, die sich überzeugen ließe, für seine Schönheit ein paar Pence mehr zu zahlen? Bekäme er einen praktischen Zweck? Würde er die Jahre überdauern und von der Mutter zur Tochter weitergegeben werden? Würden Tränen vergossen, wenn er herunterfiele und zerbräche? An einem Teller konnten sogar Erinnerungen hängen.

Ich weiß gar nicht richtig, wie ich diese Teller-Malerei angefangen hab. Wir waren damals in Siliwen, und ich hatte gerade meinen Kunstlehrgang beendet, als Her für eine Weile bei uns einzog, und sie machte eine Keramikausbildung. Ich bat sie, einmal versuchen zu dürfen, etwas von ihren Arbeiten zu bemalen, und so wurden wir Freundinnen. So hat das mit den Tellern angefangen. Aber ich muss zugeben, seit ich nach Rhostir gezogen bin, ist meine Arbeit viel besser geworden.

Sicher, ich hab eine Menge Spaß gehabt in der Zeit in Siliwen, in jenem schmalen, hohen Haus, das über den Menai hinausblickte. Ich hab mein Teil an Gemeinschaftsleben gehabt und Jahre voller Lachen und Liebe, aber diese Gesellschaft hat meinen kreativen Geist nicht eben befördert. Außer der Tauben-Periode vielleicht. So um den Anfang der Achtziger war das - die Zeit von Greenham[5] und der Friedensbewegung, und ich konnte nichts malen, das nicht irgendwo eine Art Taube enthielt. Das war die Zeit, wo mir Esra sehr nahe stand. Ich kann bis heute keine blauen Tauben ansehen, ohne an Esra zu denken.

Solange nach der Collegezeit alle orientierungslos herumwerkelten, lief alles ganz gut, und alle saßen mehr oder weniger im selben Boot. Aber der Rest bekam einer nach dem andern Jobs und fand sich auf der Karriereleiter wieder, und Her und ich waren die einzigen, die kein Gehalt verdienten. Einer oder zwei begannen, mich zu drängen, ich bräuchte einen Geschäftsplan und einen Vorsorgeplan, und ich sollte Sachen produzieren, die Geschäfte bereit wären, ins Sortiment zu nehmen. Der einzige Plan, den ich mir zulegte, war die *'Enterprise Allowance'*[6]. Dann hatte ich die Schnauze voll. Oder vielleicht hatte die Clique die Schnauze voll von mir. Sie weigerten sich, mich ernst zu nehmen, und sprachen von 'Ennyd und ihrem Malen', als wär ich ein kleines Mädchen, das darauf beharrte, zu Hause zu bleiben und Bildchen zu malen. Ich war diejenige, die hartnäckig an ihrem Traum festhielt und sich weigerte, es mit der großen weiten Welt draußen und den Anforderungen des Marktes aufzunehmen. Eine Krankheit breitete sich über das ganze Haus aus, und ein, zwei Leute begannen, Anzüge zu tragen. Da wusste ich, dass es für mich Zeit war, zu fliehen.

Danach beschloss ich, dass ich nur allein wirklich frei und glücklich sein würde. Der einzige, der unter meinem Dach zugelassen war, war Sam, und der wusste, wann er sich auf Distanz halten musste. Zugegeben, es gibt Zeiten, wo ich mich einsam fühle, aber es gibt auch Zeiten, wo ich mit Leuten zusammen bin und mich einsam fühle, und diese Art von Einsamkeit ist viel schlimmer. Ich wär froh, wenn die Gesellschaft Leute, die allein leben, besser akzeptieren würde. Wir sind immer Objekte des Mitleids, Leute, die entweder jemanden verloren haben oder noch niemanden gefunden haben. Freiwillig allein zu leben ist wie freiwillig eine Krankheit zu bekommen, während alle andern in Furcht und Schrecken davor leben.

Sguthan guckte mich ungeduldig an. Sie hatte das Gelaber schon bis zum Überdruss gehört. Nicht, dass ich jemand war, der laut mit sich selbst sprach, aber Sguthan war eine Katze, die Gedanken lesen konnte.

Das war das Gute am Malen. Während ich mit meinem Pinsel geschäftig war, konnten meine Gedanken in alle Richtungen schweifen. Ich begann, über die Demo nachzudenken, und wen ich zum Mitkommen kriegen könnte, begann auch, an einen freien Tag in Irland zu denken, aber am meisten freute ich mich auf Silvester. Wir waren überein gekommen, uns um Mitternacht am Fuß der Wyddfa zu treffen. Und dann loszuwandern mit dem Ziel, den Sonnenaufgang vom Gipfel aus zu sehen. Ich hatte eine Reihe denkwürdiger Neujahrstage erlebt, aber das würde alles übertreffen. Als ich überlegte, wer eine gute Gesellschaft abgäbe, fiel mir Malan ein, und ich beschloss, sie am Nachmittag zu besuchen... Ich war mit Malan befreundet, so lang ich denken konnte. Wär schön, wenn Malan mitkommen könnte...

Als ich die Haustür zuschlug, sah ich den Nachbarn, der die Asche rausbrachte. Ffransis Nymbar Wan lief so vorsichtig zur Mülltonne, dass man hätte meinen können, er hätte eine wertvollere Last als einer der Drei Weisen.

"Guten Morgen, Ennyd."

"Guten Morgen, Mr. Ffransis."

"Haben Sie schöne Weihnachten gehabt?"

"Klasse, Mr. Ffransis. Und Sie?"

"Ruhig, Liebchen, ziemlich ruhig..."

Oh ja, klar, Sie wohnen ja allein. Ich würde Ihnen nicht zutrauen, ein verrücktes Fest zu feiern und das Haus auf den Kopf zu stellen. Mr. Ffransis war ein exakter Mann mit einem Charakter wie ein Glas Wasser. Ich lächelte bei der Vorstellung, wie er von der Decke hing, die Bude voller feiernder Jecken. Mr. Ffransis war sehr besorgt gewesen, als er erfahren hatte, dass ich in die Straße zog...

- Das hier ist eine ruhige Straße, Miss Fach, wir sind keinen Lärm gewohnt.

Er machte mir solche Angst, dass ich ein, zwei Tage mich nicht traute, das Radio anzumachen. Ich saß in dem Haus und machte mir Gedanken, dass das Ticken der Uhr zu laut sei. Aber bald lernten wir einander verstehen, und Mr. Ffransis erkannte, dass ich nicht so wild war, wie ich aussah.

- "Wir haben hier manchmal schon recht seltsame Dinge erlebt", sagte er, als wäre das eine Art Entschuldigung.

- "Besteh ich denn die Prüfung?", fragte ich frech, und er musste lächeln...

Keine Ahnung, was Ffransis den ganzen Tag machte. Bestimmt fragt er sich dasselbe in Bezug auf mich. Er betrachtete alle misstrauisch, die nicht um neun das Haus verließen, obwohl ich mir Mühe gegeben hatte, ihm zu erklären, dass ich nicht 'vom Sozialamt lebte'. Ich verstand auch nicht, warum er dagegen so viel hatte. Soweit ich weiß, war das einzige, wofür er sich interessierte, seine Briefmarkensammlung.

Ich hatte nicht weit zu gehen bis zum Haus von Malan und Dafydd. Malan hatte vor ungefähr einem Jahr ein Baby gekriegt und konnte nicht mehr so leicht überall hingehen wie früher. Es war mein Fehler, dass ich nicht oft genug bei ihr vorbeiging. Aber wir waren so gute Freundinnen wie eh und je. Malan würde mir helfen, die Demo zu organisieren. Malan war schon immer eine richtig fitte Frau gewesen. Während der Rest von uns sich irgendwie durch's Leben wurstelte, wusste Malan, wohin sie wollte, und was sie mit ihrem Leben machte. Und sie brachte zu Ende, was sie in Angriff nahm. Und Dafydd kannte ich seit der Zeit von Siliwen. Sie hatten das Kind Job genannt. Es war ein Name, den man eigentlich mit langem 'o' sprechen sollte wie im Namen des Propheten, aber weil das Baby ein ziemlicher Brocken war, wurde er bald 'Job' und 'ganz schöner Job' genannt. Er war ein Bündel von einem Baby, das seine Hände überall hatte. Es war entschieden einfacher, eine Katze zu halten.

"Tee?"

"Danke, Malan."

"Du siehst aus, als hättest du die Schnauze voll."

"Von Weihnachten hab ich die Schnauze voll. Dauert das denn ewig? Hey - hast du Lust, an Silvester mitzukommen auf die Wyddfa?"

Über das freundliche Gesicht von Malan breitete sich ein Lächeln aus.

"Noch eine von deinen verrückten Ideen..."

"Kommst du mit?"

"Mit dem?"

"Such dir jemand, der auf ihn aufpasst."

Sie sah mich an, als hätte ich ein Wunder verlangt.

"Wenn du niemand findest, tragen wir ihn einfach abwechselnd. Wir sind 'ne ganze Clique. Wir treffen uns um Mitternacht am Fuß der Wyddfa."

Malan nahm Job auf den Schoß und sagte mit dieser besonderen mütterlichen Stimme: "So was kann man mit einem Baby nicht machen."

Ich hätte Job eigentlich hassen müssen. Er hatte Malan von so vielen Dingen abgehalten, seit er geboren worden war. Aber ich hätte ihn nie im Leben hassen können. Er war einfach ein Goldschatz.

"Kannst du morgen mitkommen nach Bangor?"

"Wozu?"

"Goronwy hat uns gebeten, beim Minister Rabatz zu machen."

Ein Seufzer von Malan. "Jemand muss hingehen - er hat ausgemacht, dass wir uns um halb elf mit der Presse treffen."

Malan machte gar keinen begeisterten Eindruck. Sowieso war nur die Hälfte ihrer Aufmerksamkeit bei unserem Gespräch, während die andere Hälfte damit beschäftigt war, was Job machte. So waren Gespräche mit Malan jetzt.

"Ich bin ziemlich verzweifelt, Mali, ich würd dir nicht damit auf den Wecker fallen, wenn ich nicht Angst hätte, dass ich dann da ganz allein stehe."

"Das ist es nicht."

"Sondern?"

"Es ist immer dasselbe - jedes Mal wieder."

"Es ist schon immer dasselbe gewesen. Wir sind nicht zur Unterhaltung da."

"Nein, Ennyd. Das ist nicht das Problem." Sie sah mich an und überließ Job für eine Weile sich selbst. "Wie lang machst du schon beim Minister Rabatz?", fragte sie.

"Über zwanzig Jahre. So ähnlich wie du..."

"Und wozu?"

Mir wurde klar, dass Malan vor einer echten Krise stand.

"Über das 'Wozu?' reden wir morgen, lass uns erst die Demo hinter uns kriegen."

"Nein. Wir reden jetzt über das 'Wozu?', damit ich die nötige Motivation hab, um zu der Demo zu gehen."

Jetzt saß ich in der Klemme. Darauf hatte ich mich nicht mental vorbereitet. Glücklicherweise stopfte sich Job etwas in den Mund, und Malan musste unter den Tisch kriechen und ihre Finger in die Tiefen seiner Kehle stecken.

Eine Diskussion zu führen, während man das tut, bringt einen ins Hintertreffen. Schließlich zog sie einen Treckerreifen aus seinem Mund. Ich weiß nicht, wer von uns beiden deprimierter aussah, Job oder ich.

"Es ist einfach manchmal schwer, den Sinn der Sache zu sehen", gab Malan zu.

"Der Sinn ist schon immer derselbe", sagte ich und starrte tief in meine Teetasse, "- der Versuch, das System zu verändern." Wer war ich, das zu Malan zu sagen? Sie hatte mir diese Wahrheiten beigebracht.

"Das System ändert sich nicht, oder?" Jetzt kam ein merkwürdiger Geruch aus der Richtung von Job, und Malan schnupperte wie ein Hund. "Du könntest neunzig sein und würdest mich immer noch zu überzeugen versuchen, zu 'ner Demo zu kommen."

"So hab ich das noch nie betrachtet."

"Gegen die Tories zu demonstrieren, war schon schlimm genug, aber der ist..."

In der Tat. Es hatte immer noch was Peinliches, alte Kommunisten mit Tadel zu überziehen. Oh Gott, Job strampelte auf dem Schoß seiner Mutter, während die ihm die Windel auszog. Das Zimmer wurde von unglaublichem Gestank erfüllt.

"Ich hab einfach nicht das Gefühl, dass er die Mühe wert ist, nach Bangor zu fahren und ihn anzuschreien." Sie war damit beschäftigt, die Scheiße vom Po ihres Sohnes zu wischen.

"Er ist nicht mehr wert als das, was du gerade in der Hand hast, Malan."

Sie musste lachen. Malans Hass auf den Komi war erbittert. Wir beide waren alt genug, um uns an Komi in seiner radikalen Zeit zu erinnern. Das erste Mal, wo ich ihn reden gehört hatte, war auf einem Solidaritätstreffen für die Bergleute während des Streiks. Ich war völlig fasziniert von ihm, und ich vermute fast, dass Malan sich in ihn verliebt hatte. Ich konnte's ihr nicht verübeln. Er war jung und sexy und Feuer und Flamme für die Sache der Arbeiter. Eine solche Überzeugung war ein gefundenes Fressen für die Hormone von zwei Extremistinnen wie uns. Ich erinnere mich, dass ich zu mir selbst gesagt hatte, dass der's noch weit bringen würde. Ich hätte mir nie träumen lassen, wie weit er von seinen Wurzeln weggehen würde. Was seine Anziehungskraft ausmachte, war seine Begeisterung, seine Leidenschaftlichkeit, seine Hoffnung auf eine bessere Zukunft. Er verlor etwas davon, um ins Parlament gewählt zu werden, und dann entledigte er sich des Ganzen, indem er in die Mitte gezogen wurde.

Es war die alte Geschichte, sich berauschen lassen von Macht und Ruhm und Geld und all dem Drum und Dran, das Sozialisten kalt lassen sollte. Nachdem Labour an die Macht gekommen war, wunderte sich niemand besonders, als er Minister wurde. Er hatte so viel geschleimt, es war erstaunlich, dass noch etwas von ihm übrig war. Er war eine ständige Zielscheibe für die *Cymdeithas*, aber er reagierte so harsch, dass es uns verhasst war, gegen ihn zu demonstrieren. Irgendwie schien Demonstrieren nicht zu reichen. Die meisten wüssten die Gelegenheit zu schätzen, ihn zu erhängen. Das war offensichtlich auch Malans Gefühl.

"Was ist los mit Männern im mittleren Alter?", fragte sie. "Kriegen die 'nen sexuellen Kick davon, sich als solche Feiglinge aufzuführen?"

Sie hatte Job in eine saubere Windel gewickelt, und das Kind machte einen zufriedeneren Eindruck.

"Du willst morgen nicht mitkommen, oder?"

"Nein, Ennyd. Ich will mir nicht seinetwegen die Nerven kaputt machen. Soll er sich doch zum Teufel scheren. Komm, Job." Sie nahm ihren Sohn und ging aus dem Zimmer.

Ich respektierte ihre Sicht der Dinge, nur um den Zeitpunkt tat's mir leid.

Ich folgte ihr die Treppe rauf, als sie Job zu seinem Mittagsschlaf hinlegte. Ich sah ihr zu, wie sie ihn sorgsam in sein Bettchen legte und die Decke über ihn zog. Diese Hände hatte ich gesehen, wie sie einen Vorschlaghammer hielten, wie sie in Handschellen gelegt wurden, wie sie von einem Polizisten zurückgehalten wurden, wie sie eine Farbdose packten.

"Malan, ist dir aufgefallen, dass du extremer bist seit der Geburt von Job?"

Sie entschuldigte sich, dass sie vorhin so in Rage geraten war.

"Ich kann nicht anders, Ennyd. Seit der geboren ist, ist alles, wovon wir in der Vergangenheit geredet haben, auf einmal real."

"Wie meinst du das?"

"Bildung, Wohnen, Arbeit, Gesundheit", sagte sie, die Kapitel des Manifests aufzählend, "all die theoretischen Dinge, die wir 'Gerechtigkeit' genannt haben."

"Was ist damit?"

"Jetzt sind sie die Zukunft von Job - seine Bildung, seine Gesundheit, seine Arbeit - es hat tausendmal mehr Relevanz."

"Das klingt ziemlich individualistisch", sagte ich vorsichtig.

"Es betrifft jeden einzelnen Job in Wales. Die nächste Generation hat jetzt einfach Gesichter und Namen und eine Zukunft."

...Und Hintern und Münder und Nasen, die laufen, und einen mordsmäßigen Appetit, so dass nichts Anderes mehr zählt, dachte ich und versuchte mir vorzustellen, warum Leute Kinder haben wollten.

"Verstehst du, was ich meine?", fragte sie.

"Klar", sagte ich. Aber ich wusste immer noch nicht, was das alles mit der Demo morgen zu tun hatte.

"Ich hab früher gedacht, wir hätten so viel erreicht, Ennyd. Erst seit der Geburt von Job ist mir klar geworden, wie wenig wir am System verändert haben."

"Nicht deswegen, weil wir uns nicht bemüht hätten."

"Aber vielleicht haben wir uns zu wenig bemüht? Wie hat Lewis Edwards gesagt - 'Jede Regierung ist gut genug für das Volk, das sie toleriert'... Das ist unser Problem - wir sind so ein geduldiges Volk."

"Vielleicht kriegt's die Generation von Job ja besser hin", sagte ich ziemlich deprimiert.

"Das ist meine größte Angst - dass er viel Schlimmeres durchmachen muss als wir, bloß weil wir uns mit Tagespolitik zufriedengegeben haben."

Ich schwieg eine Weile, und plötzlich fühlte ich mich schuldig, als wäre ich eine von Herodes' Leuten, die dafür verantwortlich waren, kleine Kinder mit einem fürchterlichen Fluch zu belegen. Malan saß noch immer an dem Bettchen und starrte den schlafenden Job an.

"Ennyd", sagte sie vorsichtig. "Hast du keine Lust, selber eins zu haben?"

"Nicht ausgerechnet du, Mali..."

"Tut mir leid."

"Schon gut."

"Ich denk nur manchmal, du verbannst die Möglichkeit, Kinder zu kriegen, so entschieden aus deinem Kopf, bis du..."

"Bis ich...?"

"Es bereust?"

Ich sah Malans Zimmer an, das Bett, Jobs Bettchen. Das Mobile mit rosa Clowns drauf, das von der Decke hing. Es reizte mich kein bisschen. Malan war noch immer über jeden neuen Tag mit Job hin und weg, und sie glaubte wirklich, dass mir was entging. Sie hätte sich früher nicht auf dieses Terrain gewagt, aber seit dem Baby hatte sie sich entschieden verändert.

Ich drehte mich um, um die Treppe runterzugehen. "Ich werd dir eines Tages einen Riesenschock versetzen, Malan Jones. Du wirst die Tür aufmachen, und da werd ich mit einem riesigen Kinderwagen stehen mit zwei Paar Zwillingen. Vielleicht lässt du mich dann in Ruhe."

"Du kennst mich zu gut, Ennyd."

Ich verabschiedete mich, und sie legte mir den Arm um die Schulter.

"Viel Glück morgen", sagte sie.

"Du kannst mich mal", antwortete ich, mit einem Lächeln.

Auf dem Heimweg gingen mir Malans Worte nicht aus dem Kopf. Es war mir auch an die Nieren gegangen, dass sie sich geweigert hatte, zu der Demo zu kommen. Vielleicht hatten wir wirklich nie mehr als Tagespolitik gemacht. Die Risse, die wir dem System beigebracht hatten, hatten an seinem Fundament nicht gerüttelt. Vielleicht war's eine besonders ungünstige Zeit. Vielleicht würde die Generation von Job bessere Kampfbedingungen vorfinden. Man hat schon Pferde kotzen sehen...

Plötzlich wurde mir bewusst, dass ich überhaupt niemanden hatte für morgen. Ich machte in Gedanken eine Liste von Leuten, die in Frage kamen, und bemerkte, dass ich ziemlich in der Klemme saß. Wie ehrenwert die Prinzipien der Leute auch sein mochten, warum sie nicht zu einer Demo kamen, ich konnte beim besten Willen nicht erkennen, wie zu Hause zu bleiben und zu philosophieren eine größere Bedrohung für den Staat darstellen sollte. Zugegeben, vielleicht hatten unsere Methoden ihre Schwächen, aber es schien doch niemand eine bessere Idee zu haben.

Ich ging auf dem Heimweg bei Her vorbei.

"Her ist nicht da", sagte Seibar, als er mich in der Tür stehen sah.

"Ich weiß", sagte ich, während ich hineinging.

In dem Moment, wo ich die Tür schloss, wusste ich, dass ich eins von seinen Programmen gestört hatte. Seib arbeitete zu Hause, machte Web-Design. Man musste aufpassen, wann man ihn störte, sonst reagierte er gereizt. Normalerweise freute er sich, mich zu sehen, und ich nutzte das jetzt schamlos aus. Leute für 'ne Demo zu sammeln war ein Scheißjob. Es war wie Fischen mit einem löchrigen Netz. Ich ging rüber in die Küche und machte uns beiden einen Tee.

"Sie ist nach Llandudno gefahren, um nach Kleidern zu suchen - sie ist morgen auf 'ner Hochzeit", erläuterte er.

"Ich weiß."

Ich blieb eine Weile sitzen und ließ Seibar verwirrt herumhantieren. Es kam nie vor, dass jemand in Noddfa 'zu Besuch kam'. Die Leute kamen vorbei mit einer bestimmten Nachricht, auf dem Weg zu einer Kneipentour, auf dem Heimweg von einer Kneipentour, um eine Fete zu machen, um andere zu einer Fete einzuladen, um sich von einer Fete zu erholen, um auf eine Demo zu gehen, um nach einer Demo zu verschnaufen, um am Computer zu arbeiten oder um sich von Her vom rechten Weg abbringen zu lassen. Seibar konnte sich nicht erklären, was zum Henker ich dort wollte.

"Wie war Weihnachten, Ennyd?"

"Mein Gott, du hast aber viel Gesprächsstoff."

"Verdammt, du bist doch hierher gekommen - dann sag du was!" Seib war verletzt. Er wollte das Ganze bloß hinter sich bringen, um wieder an seinen Bildschirm zurückkehren zu können. Es war offensichtlich, dass er keine Zeit zu verschwenden hatte, nicht mal mit mir.

"Ja, danke, Seibar, Weihnachten war klasse. Ich hab meine Pflicht getan und brav meine Eltern besucht und meinen Teller aufgegessen."

"Dann war dein Weihnachten ja besser als meins."

"Bist du nicht hier geblieben?"

"Nein. Giaff und ich sind auf den Wirral gefahren."

"Was war da?"

"Freunde. Oder zumindest waren's Freunde, bis Giaff den Laden aufgemischt hat."

"Buchstäblich?"

"Er ist einfach ein Arschloch. Sprich nicht von ihm."

"Wo ist er jetzt?"

"Oben."

'Oben' war Giaffar - die ganze Zeit. Geistig und körperlich, er kam nie runter auf die Erde. Ich dachte mir Giaffar oft wie einen Engel - ewig 'dort oben' schwebend - da, aber ohne da zu sein. Ich vermute, dass einige von Seibars Bekannten bezweifelten, dass der Mann überhaupt existierte. Es war eine viel zu praktische Ausrede für Seib und Her, zu sagen, sie 'passten auf Giaff auf'.

"Hast du morgen was vor, Seib?"

"Warum?"

"Entweder hast du was vor oder nicht."

"Kommt drauf an."

"Komi ist in Bangor morgen."

"Ich hab zu tun."

"Hast du nicht, Seib! Ich bin allein diesmal."

"Frag Her."

"Her mit ihrer Hochzeit, ja?"

Seibar lachte. "Ich wär gern dabei. Kannst du dir Nedw Plas in 'nem Anzug vorstellen?"

"Kannst du dir Nedw Plas als Vater vorstellen? Das macht mir viel mehr Angst."

"Wir machen 'ne Fete hier am letzten Abend vom Jahr. Kommst du?"

"Nein, wir gehen auf die Wyddfa rauf. Hat Her dir das nicht erzählt?"

"Doch - deswegen machen wir ja 'ne Fete."

"Ihr Schweinebacken. Ihr kommt also nicht mit?"

"Wir können Giaff nicht hier allein lassen - und es wird kalt sein."

"Es würde euch beiden gut tun."

"Wir tun nichts, was uns gut tut - aus Prinzip."

"Dann kommt zum Spass mit."

"Ihr werdet irgendwo runterfallen oder so, wie ich euch kenne, und es wird ein fürchterliches Gedöns geben. Erwart nicht von mir, dass ich dir helfe."

"Du wärst der letzte, den ich auf meinem Sterbebett in meiner Nähe haben wollte. Wer kommt zu dieser Fete?"

"Alle."

Ich hab noch nirgendwo anders Feten gesehen, die mit denen in Noddfa vergleichbar gewesen wären. Wenn alle anderen sich eine Riesenmühe machten, um eine Fete zu organisieren, und eine Menge für Essen und Trinken ausgaben, hatten sie ganz nette Resonanz. Und dann organisierten Seib und Giaff überhaupt nichts, machten gar nichts zu essen und erwarteten von allen, dass sie ihre Getränke selber mitbrachten, und die Leute stapelten sich. Sie standen an der Tür Schlange. Vielleicht lag's an der Musik, vielleicht an den Drogen, vielleicht lag's an der liebenswerten Persönlichkeit der beiden (oder wahrscheinlich an der Tatsache, dass sie mit Her zusammenwohnten).

"Wir kommen zu der Fete, nachdem wir von der Wyddfa runtergekommen sind."

"Dann ist Mitternacht doch vorbei, du Dummbrot."

"Macht nichts."

"Es ist 'ne Silvesterfete. Um Mitternacht ist der Höhepunkt."

"Was interessiert denn dich ein Höhepunkt? Du wirst eh jenseits von Gut und Böse sein. Wart, bis wir zurückkommen, und wir werden eure Fetetransformieren."

"Ich freu mich drauf."

"Gut - was ist mit morgen, kommst du?"

"Was muss man tun?"

"Wie immer - einfach dort stehen."

"Besteht die Gefahr, dass wir festgenommen werden diesmal?"

"Nicht, wenn du dich benimmst."

"Wieviel Uhr?"

"Halb elf."

"Da bin ich noch nicht auf."

"Klar bist du. Ich nehm euch mit hin."

"'Euch'?"

Ich stand auf und ging die Treppe rauf, mit dem Gefühl, dass ich sogar nach meinen eigenen Maßstäben optimistisch sei. Giaff war seit Monaten auf keiner Demo gewesen.

"Der kommt nie mit!" rief Seib, aber ich hatte keine Wahl. Ich brauchte Leute. Ich machte Giaffs Tür auf und wär fast umgekippt von dem Gestank. Ein Glück, dass nicht zu befürchten stand, dass *Environmental Health*[7] vorbeikommen würde, und *Mental Health* schon sowieso nicht.

"Giaff..."

Giaff war ein einziger langer Strich auf einer Matratze, mit einem Schlafsack über sich. Ich rüttelte ihn heftig.

"Arschloch!"

"Giaff..."

"Hau ab."

Ich sah die geschlossenen Vorhänge an, die von einer Sicherheitsnadel zusammengehalten wurden. Im Dämmerlicht sah ich Berge von Kleidern und CDs und Joints.

"Steh auf!"

"Leck mich am Arsch!"

"Ich bin's, Ennyd."

Der Kopf drehte sich um: "Ennyd? Was ist los?"

"Ich brauch deine Hilfe."

"Wofür?"

"Um Wales zu retten."

Er drehte sich wieder zur Wand. "Verpiss dich."

Man sollte Besseres erwarten von einem Nachkommen von Emrys ap Iwan[8]. Giaffs Vater hatte detaillierte Nachforschungen über die Vorfahren der Familie angestellt und entdeckt, dass sie von Emrys ap Iwan abstammten.

"Das erklärt das Feuer, das der Junge im Blut hat", hat sein Vater gesagt. Jetzt hat er mehr Heroin als sonst was im Blut, armer Kerl.

Da stand ich nun und überlegte, was die IRA wohl in so einer Situation machen würde.

"Komm schon, Giaff. Du wirst bezahlt dafür."

Endlich war's mir gelungen, sein Interesse zu wecken.

"Bezahlt?"

"Ja. Aus lauter Verzweiflung bezahlt die *Cymdeithas* jetzt alle, die zu 'ner Demo kommen."

"Boah! Also gut..." Und er rollte sich wieder zu mir rüber.

Ich wurde plötzlich wütend und zog ihm das Bettzeug weg.

"Wenn das so ist, dann bleib doch, wo der Pfeffer wächst!"

Giaff wurde richtig wach.

"Tsch... Tschuldigung, Ennyd... Ich war noch nicht wach... Was soll ich machen?"

"Morgen früh um zehn - sieh zu, dass du auf den Beinen bist!"

Als ich die Treppe runterkam, sah ich in Seibs Gesicht, das mich erstaunt anguckte.

"Kommt er?"

"Morgen früh um zehn - und es ist deine Verantwortung."

"Das ist nix Neues", sagte Seibar deprimiert, während er die Tür schloss.

Nachdem ich den Abend herumtelephoniert hatte, gab es ein Minimum von zwei und ein Potenzial von sieben. Das musste's tun. Warum war's so viel Arbeit, Leute zum Demonstrieren rauszuholen? Als ich an dem Abend schlafen ging, war ich froh, dass nicht ich dafür verantwortlich war, in Mittelamerika die Tausende auf die Straße zu kriegen. Aber andererseits, wenn man rein gar nichts mehr übrig hat in seinem Haus, muss einen niemand *bitten*, rauszukommen und zu demonstrieren.

28. Dezember

Es gibt Tage, da wär's einem lieber, wenn sie nie angebrochen wären, und heute war so einer. Ich lag lange im Bett und bedauerte, dass ich kein Krüppel war oder oder von irgendeinem Schicksalsschlag getroffen,der zur Folge hatte, dass ich nicht aufstehen konnte. Es wäre so eine Befreiung, die ganze Verantwortung auf den Schultern von jemand anders zu wissen. Was war das Schlimmste an der ganzen Sache? Das es so peinlich war, denk ich, ja, definitiv - dass es so peinlich war. Peinlich, sich klein, wertlos und völlig machtlos zu fühlen. Zwanzig Jahre Demonstrieren, und ich konnte mich noch immer nicht mit der Peinlichkeit abfinden. Wenn überhaupt, dann ist es schlimmer geworden.

Zur Krönung des Ganzen tat mein Zahn wieder weh. Ich konnte spüren, wie er wackelte, und meine Zunge konnte es nicht lassen, mit ihm zu spielen. Irgendwo in der Ferne war ein *riesenhafter Schmerz* im Anmarsch. Ich konnte schon hören, wie seine Schritte anfingen, die Welt erzittern zu lassen. Ich fürchtete sein Kommen mehr als alles Andere. Als ich aus dem Bett aufstand, hörte ich das leise Prasseln des Regens am Fenster. So ein Tag sollte es also werden.

Was soll's, sagte ich zu Sguthan, es könnte schlimmer sein. Ich könnte die arme Iona sein, die im Begriff war, ihr Leben Nedw Plas zu weihen, dann seinen Nachwuchs zu gebären und die beiden für den Rest ihres Lebens bemuttern zu müssen. Verglichen damit war eine Stunde Demonstrieren und ein bisschen Zahnweh gar nichts. Ich drückte die Zeitung zu einem festen kleinen Ball, wobei ich es vermied, die Blätter des *Cymro*[9] zu benutzen. Ein bisschen schrullig war das, aber ich konnte's nicht lassen. Die Worte der walisischen Sprache waren rar genug, ohne dass ich sie benutzte, um Feuer anzumachen. *'Television Wales'* war was Anderes, da musste man das Walisische drin mit der Lupe suchen. Im Allgemeinen versuchte ich, nicht an *S4C*[10] zu denken, und es schon gar nicht zu gucken. Es war ganz schön peinlich, dass wir jemals für so eine Einrichtung gekämpft hatten. Wenn man bedachte, was daraus hätte werden können.

Aber das war nicht der Zeitpunkt, um über alte Misserfolge und verlorene Träume zu grübeln. Mach schon, Ennyd. Ich sprang mit den Plakaten und Transparenten ins Auto und trat das Gaspedal durch, während ich den Zündschlüssel umdrehte.

Ich spürte, wie mein rechter Fuß mit dem Gaspedal Fangen spielte. Es war völlig lose. Verdammt. So was gab einem das Gefühl, dass die Götter uns Streiche spielen - und üblicherweise sind es Götter auf der Seite des *Systems*. Ich trat und fluchte und zappelte und runzelte die Stirn - völlig umsonst natürlich.

Ich rannte zurück ins Haus und griff zum Telephon, denn ich wusste, dass das meine einzige Chance war.

"Hallo... Malan?... Malan? Ich bin's... Kannst du mir helfen? Das Auto - ja, im Arsch... ja, kannst du raufkommen? - Jetzt? Ach, bring ihn einfach mit - nein - niemand sonst, naja, außer... ähm... bloß Seibar, ähm... und Giaff. Wer darf nicht mit - Giaff? Ja, okay - er wird wohl kaum kommen. Nein, ich verstehe. Nein... es wär nicht gut für Job. Alles klar. Aber du hast Platz für Seib - und bist einverstanden, dass er mitkommt? Gut. Okay - ich geh schon mal los - komm du mir entgegen..."

Es war schon Viertel vor zehn.

Warum hatte ich gesagt, dass ich laufen würde? Ich hatte nicht bedacht, dass es regnete. Und ein bisschen Regen war ein winziges Problem im Vergleich zu dem Theater, das es geben würde, wenn Giaff mitkäme. Wenn Malan ihn nicht im Auto haben wollte, waren wir einer weniger... Aber wenigstens kam Malan. In Wirklichkeit war's ein Tausch. Giaff gegen Malan ausgewechselt. Blieb nur zu hoffen, dass Giaff nicht aufgestanden war...

Ich versuchte, mir auszudenken, was Giaff wohl getan hatte, um Malan so zu verärgern. Einfach zu existieren wahrscheinlich.

Malans Auto hielt neben mir, bevor ich bis auf die Haut nass war. Auf dem Rücksitz brüllte Job. Malan erklärte, dass sie ihn nicht fertig gefüttert hatte. Ich suchte hinten im Auto, bis ich seine Flasche fand, aber inzwischen hatte Job so viel Spaß am Schreien, dass er sie nicht wollte.

"Bist du sicher, dass Giaff nicht kommt?"

"Ich nehm's mal nicht an - er ist derzeit nicht auf demselben Planeten wie wir."

"Deswegen will ich ihn auch nicht in der Nähe von Job haben."

"Genau... Wie spät ist es?"

"Zehn nach."

"Kannst du vielleicht ein bisschen mehr Gas geben?"

"Nein! Ich hab ein Baby hinten im Auto!"

Da beschloss Job, seinen Mageninhalt über den Rücksitz zu speien.

Natürlich, als ich die Tür von Cors aufmachte, saß Seibar im vorderen Zimmer, als würde er schon seit einer Woche warten. Gottseidank war von Giaffar nichts zu sehen.

"Du hast gesagt, dass..."

"Ich weiß, Seib, es ist scheiße gelaufen."

"Wir werden nie in Bangor ankommen."

"Egal, wir tun unser Bestes."

Ich versuchte, mich zu trösten mit 'Ich hab getan, was in meiner Macht stand' und so weiter. Aber umsonst. Ich wusste, und Seibar wusste, dass wir vor Komi ankommen mussten, sonst wäre das Ganze für die Katz. Da kam Giaffar die Treppe runter.

"Bist du sicher, dass du mit willst?", fragte ich ihn.

Giaff sah Seib und danach mich langsam an, als befürchte er, dass sein Kopf runterfallen könnte.

"Ich hab bloß Angst, dass das Ganze vielleicht zu viel für dich ist", sagte ich.

"Du hast versprochen, dass es keinen Ärger gibt", sagte Seibar. Nicht er sollte kalte Füße kriegen.

"Du siehst nicht so ganz fit aus...", sagte ich, "und das Baby hat gekotzt..."

"Ennyd!", brüllte Seibar schießlich, "Weißt du eigentlich, was das für 'ne Aktion war, diesen Junkie heute morgen zum Aufstehen zu kriegen?"

"Ich..." Plötzlich fiel mir ein, dass die beiden Streit gehabt hatten. Mir schwirrte der Kopf.

Draußen hörte ich Malan hupen.

Seibar zog Giaff den Mantel an und schob ihn zur Tür raus. "Der da fährt heute nach Bangor, und wenn ich ihn auf den Schultern tragen muss", sagte Seib.

Malan war aus dem Auto ausgestiegen.

"Ich fürchte, das wirst du tun müssen, denn in diesem Auto fährt er nicht", sagte sie. Oje.

"Malan - es wird okay sein...", flehte ich.

"Was zum Henker geht hier vor?", fragte Seibar, der jetzt komplett verwirrt war.

"Ich hab ein Baby im Auto."

"Du bestehst darauf, dass wir mitkommen... Ich steh in aller Frühe auf... Ich schleif diesen Kerl aus dem Bett, du kommst zu spät, und dann weigert die sich, uns mitzunehmen..."

Ich stand da im Regen und fragte mich, wie zum Kuckuck ich immer in solche Situationen geriet.

"Bitte, Malan - bloß heute."

"Nicht mit Job im Auto."

"Seibar, wir werden ihn halt zu Hause lassen müssen..."

"Lass das blöde Baby zu Hause nächstes Mal." Plötzlich erinnerte ich mich, warum Malan auch Seib nicht so besonders gern mochte.

Das Ende war, dass ich die Plakate und Transparente in Malans Auto legte und mit Seib und Giaff ein Rennen veranstaltete, um einen Bus zu kriegen. Naja, 'Rennen' stimmt nicht ganz. Wir schleiften Giaff zwischen uns her, und wir kamen um Viertel vor elf in Bangor an. Die Presse hatten wir längst verpasst, aber Komi war noch nicht angekommen.

An der Uhr standen noch drei Demonstranten verloren herum. Es konnte eine recht erfolgreiche Demo werden. Ich gab jedem ein Plakat zum Halten. Parri von der *Post* kam zu uns her.

"Wir hatten die Information, dass Sie um halb elf hier sein würden."

"Tut mir leid, Parri."

"Mehr sind Sie nicht?" Es fing an, peinlich zu werden.

"Tut mir leid, Parri."

"Haben Sie was Neues zu sagen?"

"Tut mir leid, Parri, bloß die alte Geschichte. Unzufriedene Waliser, und Labour weigert sich, zuzuhören..."

"Das macht nicht grade 'ne tolle Story."

Und du bist nicht grade 'n toller Reporter, dachte ich.

"Tut mir leid, Parri."

"Mehr sind Sie nicht?", sagte ein Reporter, der kein Walisisch sprach.

Es wurde peinlicher. Ich fing an, mich furchtbar klein und ungenügend zu fühlen.

"Ist nicht so leicht, wissen Sie... Weihnachten und so..."

Ich sah Malan sich abmühen, um den Kinderwagen den Berg raufzuschieben. Manche haben's besonders schwer.

"Und Sie wissen, dass der Minister nicht zu einem politischen Anlass hier ist?"

"Das ist er nie, oder?"

"Er eröffnet das *multi-storey car park* und das *shopping precinct* - dagegen haben Sie nichts, oder?"

"Doch, zufällig ja", sagte Seib. "Kleine Läden werden geschlossen, und der Hund da sollte's besser wissen, wo er doch mal Sozialist war."

Ich sah den Reporter an, der eifrig mitschrieb.

"Vielen Dank, Mr....?"

"Pritchard - Idris Pritchard."

"Und Ihre Funktion in der *Cymdeithas*?"

"Kommissarischer Vize-Finanzreferent für den Bezirk Arfon."

Der Kugelschreiber hielt inne. "Sagen Sie das bitte noch mal."

Der letzte, der zu uns kam, war ein pickeliger Jüngling mit einem Aufnahmegerät. Ich sah Pill aus dem Bus steigen und verträumt um sich blicken. Alle Achtung, dass er gekommen war.

"Nefydd - von *Radio Cymru*[11]", sagte der pickelige Jüngling und drückte auf den Knopf an seinem Recorder. "Können Sie mir sagen, was Sie mit dieser Demonstration erreichen wollen?"

"Wir stehen hier in Bangor", sagte ich und versuchte, erregt zu klingen. "Jeden Augenblick wird der Minister ankommen, und wir wollen protestieren gegen..."

"Entschuldigung, können Sie das bitte noch mal sagen? Ich hab den falschen Knopf gedrückt..."

Ich war im Begriff, Luft zu holen und das Ganze für mich zum tausendsten Mal zu wiederholen, als Seib schrie: "Da ist er!", und auf ein Auto losstürmte, das nach *Welsh Office* aussah, und anfing, gegen das Fenster zu trommeln. Ich hatte Seib ausdrücklich den Auftrag gegeben, Giaff im Auge zu behalten. Aus dem Augenwinkel sah ich Giaff, der mit undurchsichtigem Blick in Malans Nähe herumhing. Die Tür des noblen Autos wurde geöffnet, und Seib stürzte darauf zu, ehe ihn die Polizei packte und wegschleifte. Einer weniger. Der Minister schritt an den Demonstranten vorbei.

"Ignorieren Sie uns nicht!", schrie Malan ihm zu, und der alte Fuchs erkannte seine Gelegenheit. Er ignorierte die Person hinter dem Kinderwagen und sah Giaff an.

"Wofür demonstrieren Sie denn diesmal?", fragte er.

Giaff guckte ihn verdutzt an.

"Hä?", sagte er.

Die Kameras klickten und hielten das Zusammentreffen fest.

"Wir versuchen seit über einem Jahr, Sie zu treffen", sagte Malan dann.

"Ich spreche nicht mit Ihnen", sagte Komi von oben herab. "Ich habe diesem jungen Mann eine Frage gestellt."

Die Kameras klickten wie verrückt. Ich werde nie den Ausdruck auf Giaffs Gesicht vergessen. Er guckte den Minister an, als käme er gradewegs vom Mond. Er starrte ihn so an, dass Komi Angst bekam. Er schüttelte den Kopf und ging weiter. Dann fingen andere an, zu rufen, aber zu spät.

Die Presse hatte ihre Geschichte. Sie liefen dem Minister hinterher, als wär er der Rattenfänger von Hameln. Es wurde still, und die Demo war zu Ende. Malan kam zu mir mit Tränen der Empörung in den Augen.

"Hast du gesehen, was er gemacht hat?", sagte sie.

"Vergiss es. Komm, Giaff, wir gehen runter auf die Polizeiwache."

"Was wollte der Typ da?", fragte Giaff verwirrt. "Das Arschloch hat niemand angeguckt außer mir..."

"Vergiss es."

Nefydd war sehr erpicht darauf, mit uns zu reden.

"Was denken Sie, wie die Demonstration gelaufen ist?", fragte er.

"Hast du jetzt den richtigen Knopf gedrückt?", fragte ich.

Nefydd nickte nervös.

"Nun ja, wieder einmal hat der Minister sein absolutes Desinteresse an den Forderungen der *Cymdeithas* gezeigt", sagte ich.

"Und sein absolutes Vorurteil gegen Frauen mit Kindern", fügte Malan hinzu.

Die Presse interessiert sich nur für eine Frage, und schließlich kam sie.

"Wird das direkte Aktionen gegen den Minister nach sich ziehen?", fragte Nefydd.

"Ja - wir werden ihn erhängen", kam Giaffs Stimme von irgendwoher.

Nefydd konnte nicht fassen, dass er einen Fang gemacht hatte, und stellte sein Tonband ab. Man musste schnell etwas unternehmen.

"Vielen Dank", sagte er wie eine Katze, die Sahne bekommen hat.

"Professionelle Journalisten lassen solche Sachen raus", erklärte ich ihm und versuchte, ungerührt zu wirken, während ich im Stillen Blut und Wasser schwitzte.

Und weg war Nefydd.

Malan sah Giaff an. "Eines Tages wird der richtig Scheiße bauen", war ihre letzte Warnung, bevor sie nach Hause ging. Ich befürchtete, dass er es schon getan hatte.

Wir gingen runter zur Polizei.

"Wir möchten wissen, wie lange Sie Idris Pritchard festhalten werden."

"Er wird gleich wieder draußen sein, Liebchen."

"Schade", war Giaffs einziger Kommentar.

Der Polizist sah ihn misstrauisch an. "Und was ist mit dem da?"

"Er ist einer von den Freunden des Walisischen und ein Nachkomme von Emrys ap Iwan", sagte ich würdevoll und schob Giaff aus der Tür, um draußen zu warten. Es wäre ein Leichtes für die Polizei mit ihren neuen Vollmachten, Giaff auf der Stelle zu verhaften.

Nach einer Weile wurde Seib freigelassen mit einer Anklage wegen Vandalismus.

"Immerhin hab ich nicht 'Vandalismus unter Alkoholeinfluss' gekriegt diesmal", sagte Seibar. "Warum bin ich als einziger verhaftet worden?"

"Weil du als einziger dumm genug warst, auf das Auto zu loszugehen", antwortete Giaff, und ich konnte ihm nicht widersprechen.

Wir hatten das Glück, von einer der andern Demonstrantinnen nach Hause mitgenommen zu werden, echt nett von ihr. Ich lehnte's ab, mit ihnen noch ein Bier trinken zu gehen, und ging direkt nach Hause. Ich hatte die Schnauze gestrichen voll von dem Tag. Als Krönung des Ganzen brachten sie in den walisischen Nachrichten kein Wort über die Demo, sondern irgendeine dumme Geschichte über ein Mitglied der königlichen Familie.

Als ich zu Hause angekommen war, nahm ich die Schilder und Plakate und kletterte die Leiter zum Speicher hoch, um sie da zu verstauen. Es hing eine deprimierte Stimmung im Raum. Ich plazierte die Plakate auf einen Stapel von alten Schildern. Darauf hatten die Gesichter und die Buchstaben ihre Farbe verloren - Dafydd Iwan, Ffred Ffransis, die drei von Penyberth, 'Die Sprache - Sonnenaufgang oder -untergang?', 'Walisischer Sender die einzige Antwort', 'Institut für walisischsprachigen Unterricht', 'Neues Sprachgesetz' und jenes unvergessliche mit den Augen von Branwen und Alun, die mich immer noch fixierten.[12] Ich könnte eine ganz ansehnliche Ausstellung eröffnen mit diesem 'Archiv' - ein Pfund pro Kopf für alle, die sich nach einem entschwundenen Gestern sehnen wollten. Was machte die Kämpfe von gestern so viel süßer als die von heute? Warum war Erinnern besser als Handeln? Hier war eine Lebensaufgabe für einen Psychiater zu haben. Ob Südafrika dieselben Probleme gehabt hatte wie wir? Bestimmt, bloß hörten wir nichts davon. Obwohl, wenn man Zeuge von so was wie Soweto gewesen ist, ist es unvermeidlich, dass die Perspektive sich ein Stückweit verändert.

Ich schaltete den Fernseher ein, um zu sehen, was im Programm war - 'Wir halten uns dran', 'Rückblick' und 'Kawumm'. Ich nahm eine Schmerztablette und beschloss, dass ich im Bett besser aufgehoben sei, sogar wenn es leer und kalt war. Gott, litt ich an Weltschmerz. Es gibt Tage, wo man es bereut, aufgestanden zu sein.

29. Dezember

Manchmal ist Schlaf die beste Medizin. Ich denke, die Tiere haben's am besten verstanden, die den Winter über schlafen und für die Sonne wieder aufwachen. Jammerschade, dass die Gattung Mensch nicht ihrem Beispiel folgte. Her war auf halbem Wege, es zu tun.

An die zehn Stunden Schlaf hatten Wunder gewirkt und meine Laune wiederhergestellt, und die unangenehme Bitterkeit von gestern Abend war weg. Ich war wieder mit der Welt im Einklang, und das Fünkchen Hoffnung, das in mir glimmte, war wieder aufgeflammt. Ich fuhr nach Caer Saint runter, um durch die Straßen zu bummeln und ein bisschen einzukaufen, erinnerte mich an meine Armbanduhr und ging im Laden von Dic Doc vorbei.

"Meine Uhr streikt."

"Sie brauchen 'ne neue Batterie."

"Das ist noch gar nicht so lang, dass ich 'ne neue hab."

"Batterien sind das einzige, was die Leute heutzutage wollen", sagte Dic, ohne mir zuzuhören.

"...Keiner will irgendwas kaufen - hier jedenfalls nicht."

Ich kann's ihnen nicht wirklich übel nehmen, der Laden glänzte nicht grade. Ganz Caer Saint glänzte nicht grade, Punktum. Ein Laden würde ein gutes Geschäft machen: einer, der Putzutensilien verkauft. Alles schien einen ordentlichen Frühjahrsputz zu brauchen. Ich weiß gar nicht, wann ich zum letzten Mal im Laden von Dic Doc gewesen bin. Ganz früher war es mal einer der nobelsten Läden der Stadt mit rosa Teppich auf dem Boden und blinkenden Spiegeln an den Wänden.

"Diese Batteriedinger taugen nix, wissen Sie."

"Die da war in Ordnung, solang sie gegangen ist."

"Geht es nicht uns allen so?", sagte Dic Doc mit einem nachdenklichen Unterton. Er wühlte sich in die Innereien der Uhr. "Wenn das Ticken aufhört, sind wir in Schwierigkeiten."

In Nullkommanichts lagen die Eingeweide der Uhr auf dem Seidenpapier.

"Die braucht eine Operation."

Dic Doc war in seiner eigenen kleinen Welt. Er hatte mit Leuten nicht viel zu reden, aber man musste ihm nur ein mechanisches Gerät in die Hand geben, und schon war er ein neuer Mensch. Sein Gesicht hellte sich auf, seine Augen funkelten, und er konnte seine Seele von der Welt lösen und sich ganz der Aufgabe des Reparierens widmen. Ich blieb still stehen und zählte, wie viele verschiedene Schilder 'Sonderaktion' ich sehen konnte. Es fanden drei Sonderaktionen zugleich statt. Mir fiel auf, dass die Uhren im Laden aufgehört hatten, die Zeit zu messen, und dass sie alle verschiedene Zeiten anzeigten. Das war das, was ich an Dic Docs Laden gemocht hatte - all die Uhren, die eifrig im Gleichklang die Zeit maßen. Aller Zauber war weg, und der Laden war wie tot.

"Wie wär's, wenn ich irgendwann morgen zurückkomme, Mr. Edwards... Mr. Edwards?"

Aber er hatte sich völlig in seine Arbeit verloren. Mir fiel zum ersten Mal auf, wie zittrig seine Hände waren.

Ich ging die Stryd Llyn runter und war froh, dass die Leute wieder draußen waren.

Es hing fast in jedem Laden ein Schild 'Sonderaktion'. Ich ging zu Woolworths und kaufte eine Schachtel Pralinen zum halben Preis, und dabei dachte ich darüber nach, wer's denn zu schätzen wüsste, sie mit mir zu teilen. Jeder einzelne von meinen Freunden würde die ganze Schachtel lieber selber essen. Ich machte mich auf den Weg rüber nach Noddfa, um zu sehen, wer da war.

Seib war als einziger auf, Her war noch dabei, die Hochzeitsfeier zu verarbeiten.

"Ich hab Rasmws seit vor Weihnachten nicht gesehen", sagte Seib, und wir gingen rüber in den walisischen Buchladen neben dem alten Bahnhof. Obodeia's Laden war anders als sämtliche andern Läden im Land. Dieser war der einzige walisische Buchladen in Wales, der nicht für die zweite Hälfte des zwanzigsten Jahrhunderts modernisiert worden war. Dieser war auch der einzige, der keinen dümmlichen Namen wie 'Spinnrad', 'Geschirrschrank', 'Schere', 'Konvent', 'Kultur', 'Kamin', 'Die Spieler'[13] hatte. Pill hatte einmal den Namen 'Sideboard-Laden' vorgeschlagen, aber Obodeia nahm das nicht zur Kenntnis. Aber es bürgerte sich als Spitzname ein.

Es war ein winziger Laden oberhalb der Bahnhofsbrücke; wenn man fremd wäre, würde man ihn übersehen. Das stimmt allerdings nicht ganz. Es kamen schon eine Menge merkwürdiger Leute in den Laden.

"Have you anything here about Waaaales?", pflegten sie erwartungsvoll zu sagen.

Rasmws war immer versucht, zu antworten, dass er nur Bücher über Südost-England verkaufte.

"What aspect of Waaales?", war seine edelmütige Antwort.

"Coloured pictures type o'thing", lautete der vieldeutige Wunsch der Touristen.

"No, try Smiths", hieß Rasmws' Antwort jedes Mal.

Und *"No, try Smiths"* war die Antwort für jeden, der Rasmws' Zeit verschwendete.

"Wie isset dir?", fragte Seibar gut gelaunt, als er zur Tür reinging, und die kleine Glocke schrillte durch's Haus. Das blöde Teil hörte nie auf zu klingeln, bevor man die Tür mit Hauruck ins Schloss warf. Zuerst stieg einem der Geruch von Schimmel in die Nase.

Rasmws hob kaum den Kopf, um uns anzusehen. Obwohl er so groß war, war er fast nicht zu sehen hinter Stapeln von *Barn, Tafod, Goleuad, Golwg, Go Lew, Tu Chwith, Tu Hwnt, Taliesin* und *Y Faner Goch*.

Offensichtlich machte Rasmws Inventur, und das ödete ihn so richtig an.

"Ich hab gedacht, du lägst in Ketten", sagte Rasmws ernst.

"Hehe, ich bin abgehauen", sagte Seib, während er durch *Taliesin* blätterte.

"Ich wär mal nicht zu forsch", sagte Rasmws. "Du wirst schnell wieder im Knast sein, jede Wette."

"Was ist los?", fragte ich.

"Die Nachrichten", sagte Rasmws wichtig. "Die erste Meldung. Die *Cymdeithas* wendet sich von ihrer gewaltfreien Politik ab."

Seibar hätte beinah 'n Herzanfall gekriegt.

"Ich hab mich doch bloß auf das Auto gestürzt", sagte er unschuldig.

"Von dir ist auch nicht die Rede. Wer auch immer *Radio Cymru* gesagt hat, dass sie vorhaben, den Minister für Wales zu erhängen."

Ich spürte kalten Schweiß auf meiner Stirn, und Seib guckte mich komisch an.

"Eine Stimme, die Herrn Giaffar Williams ähnlich war, würde ich sagen", fügte Rasmws hinzu.

"Was soll das heißen, Ennyd?", fragte Seib.

"Ein riesiger Irrtum", sagte ich. "Ich erklär das besser Goronwy. Er ist bestimmt schon durch's Dach gegangen. Rasmws, darf ich das Telephon benutzen?"

Und tatsächlich, das Ganze war wahr. Der pickelige Käfer von *Radio Cymru* hatte das Interview ganz und unrediergiert benutzt, und Gott und die Welt hatte die Verlautbarung von Giaff gehört. Der einzige Trost war, dass sie seinen Namen nicht genannt hatten. Die einzigen, die sie genannt hatten, waren ich und Seib. Klasse.

"Guck nicht so deprimiert, Ennyd. Es ist kein Weltuntergang."

"Es wird ein gefundenes Fressen für die Presse sein", sagte ich.

"Es wär 'ne große Wohltat für das Land, wenn ihr ihn erhängen würdet", sagte Rasmws. "In manch einem Land hat 'ne Revolution gegen bessere Leute als den stattgefunden."

Dem konnte ich nicht widersprechen. Der gute alte Rasmws sagte, was er dachte, obwohl er ein braver Christ war. Ich sah ihn an, wie er da auf seinem hohen Hocker sich auf die hölzerne Theke stützte. Die war so altersschwach, dass man die Luft anhielt vor Angst, sie könnte zusammenbrechen. Aber sie war da schon seit den Dreißigerjahren, und sie stand immer noch. Ich beobachtete ihn, wie er sich über die Lippen leckte und unablässig auf dem kleinen Computer tippte. Oft hatte ich das Gefühl, dass es Verschwendung war, dass Rasmws einen Buchladen führte. Von seiner Autorität, seiner Haltung und der Breite seines Wissens her glich er eher den Fürsten von Gwynedd. Von seinem Aussehen und seinem wirren Haar und Bart her würde ich sagen, am ehesten glich er Rasputin. Dieses Land stünde viel besser da, wenn es von jemand wie Rasmws regiert würde. *Plaid Cymru*[14] war ihm sogar hinterher gelaufen und hatte ihn gebeten, als Ratsmitglied zu kandidieren, aber Rasmws hatte abgelehnt.

"In einem freien Wales werde ich meine Zeit der Politik widmen", war seine Antwort.

Rasmws' Treue gehörte dem Laden. Sein Vater, Obodeia, war der Besitzer des Ladens, und er hatte ihn seit vor dem Krieg. Obodeia war jetzt selten hinter der Theke zu sehen, aber er war nicht bereit, die Geschäfte seinem Sohn zu übergeben. So hatte Rasmws eine Sache gemeinsam mit dem ältesten Sohn der Königin von England. Er konnte seine Mutter bzw. seinen Vater nicht dazu überreden, ihm Macht zu überlassen. Und deshalb ging er auf die Fünfzig zu und musste immer noch von einem Taschengeld von Gehalt leben. Nicht, dass Rasmws sich allzu sehr beklagte. Es brauchte ihm nur jemand ein Buch unter die Nase zu halten, und schon war er glücklich. Rasmws' Mutter war vor Urzeiten gestorben, und sie hatten eine Haushälterin namens Prisi. Prisi wusch, bügelte und kochte für sie - alles außer den

Laden zu putzen. Ich glaub nicht, dass der Laden seit dem Krieg einen Besen oder einen Mopp gesehen hat.

Rasmws hustete. Bestimmt schlägt ihm der ganze Staub auf die Lunge. Er hatte die Schnauze voll von der Inventur, und er hatte sich überlegt, was das Schicksal des Ministers sein sollte.

"Ich würd ihn langsam erhängen und seine Eingeweide rösten, während er stirbt", sagte er in drohendem Ton, "ohne mein Vorhaben vorher auf *Radio Cymru* zu verkünden."

"Mein Gott, es war ein Versehen."

"Dann sollte schnellstens jemand die Staatliche Rundfunkanstalt kontaktieren, um das zu erklären", sagte Rasmws, bevor er seine Lieblingsfrage stellte. "Nun, will einer von euch Extremisten etwas in diesem Laden kaufen, oder seid ihr nur hier, um euch zu amüsieren?"

"Ich bin blank", sagte Seib.

"Und du, Ennyd?"

"Wenn du mich in Ruhe lesen ließest, bräuchte ich nichts zu kaufen", antwortete ich.

Ich hatte ins Schwarze getroffen, und auf Rasmws' Gesicht breitete sich ein breites Lächeln aus. Denn dort in der Ecke saß, inzwischen ein untrennbarer Teil der Regale, der *stille Kunde*. Der hatte im Sideboard-Laden nie auch nur einen Penny ausgegeben. Er pflegte hereinzuschleichen, ein Buch auszuwählen und bis Ladenschluss dort sitzen zu bleiben, um es zu lesen, bevor er wieder hinausschlich, ohne Wiedersehn zu sagen. Nach langen Jahren hatte er aufgehört, sich überhaupt die Mühe zu machen, nach Hause zu gehen, und er blieb die ganze Nacht im Laden und las. Zu Anfang, als Obodeia noch jung war, ließ er ihn in Ruhe - es war eine effektive Methode, Diebe fern zu halten. Aber mit den Jahren wurde der *stille Kunde*, obwohl er so ruhig da saß und allen den Rücken zuwandte, zu einem echten Ärgernis. In dem beengten Laden nahm er Platz weg, er war auf unfreundliche Weise anwesend, abgesehen davon, dass er eine Bedrohung für den Buchmarkt darstellte. Wir hatten Rasmws angefleht, er solle jemand organisieren, der ihn da wegholte, aber Rasmws mochte ihn nicht stören. Dort hatte der *stille Kunde* schon immer gesessen. Keiner von uns wollte zu nah an ihn rangehen aus Angst, wir könnten ein verwestes Gesicht oder sogar einen blanken Schädel unter dem Hut finden. Rasmws behauptete hartnäckig, dass er noch am Leben war. Zu sehr stillen Zeiten im Laden, wenn niemand sonst da war, hörte man das Geräusch des Umblätterns aus der Ecke des *stillen Kunden*.

Wenn der Sideboard-Laden in einem Buch erwähnt würde, würde niemand glauben, dass es so was gibt. Das Ganze war gerade so, als wär's aus Papier gemacht. Gelegentlich fand man Buchdeckel, die sich nach Kräften bemühten, Seiten in einer gewissen Ordnung zu halten, in der Form eines Buches, aber der allgemeine Eindruck, den man bekam, war, dass jeder Hohlraum und jede Ecke voller Geschichten sei, die alle zu lesen nicht mal der *stille Kunde* Gelegenheit hatte. Die Geschichten, die auf Papier umherschwebten, wurden übertroffen von denen, die Rasmws erzählte. Wenn er erst einmal angefangen hatte, war man völlig in seinem Bann, nichts Anderes war mehr wichtig, und man musste zuhören. Kunden, die kamen, um eine Geburtstagskarte oder ein *papur bro*[15] zu kaufen, waren etwas Ärgerliches, das den Fortgang der Geschichte störte, und oft strickte Rasmws diese Kunden in seine Geschichte, noch bevor sie den Laden verlassen hatten. Um zu erfahren, was ihr Geschick sein würde, blieben die Kunden da, um das Ende der Geschichte zu hören. Ich war mehr als einmal im Laden gewesen, wo er voller Leute war, die zuhörten, und das Publikum auf die Straßen überfloss. Ich bedauerte oft, dass die Burg leer stand - sie wäre ein perfekter Ort für Rasmws' Erzählsitzungen.

Um der Geschichte etwas wirklich Schauriges zu verleihen, erschien manchmal Obodeias hageres Gesicht in dem kleinen Fenster über der Treppe. Es war ein abgrundtief trauriges Gesicht, als blicke er auf ein verlorenes Königreich hinunter. Prisi war die einzige normale Person unter den Anwesenden, obwohl das bestimmt zu viel gesagt ist.

Ab und zu begann Rasmws' Kehle heiser zu werden, und er schlug vor, auf einen Tee im *Carlos*[16] vorbeizugehen. Gerade als Rasmws das Schild 'Bin gleich wieder da' umdrehte, öffnete sich die Tür, und dort stand so ein Typ.

"Anythink on Dylan Thomas 'ere?"

"NO, TRY SMITHS!", sagten wir zu dritt und verschwanden.

Das *Carlos* war eine Einrichtung, auf die wir schwer angewiesen waren - für Trost, für Nahrung und für Koffein. Es gab noch andere Cafés in der Stadt, walisischere, bequemere, modernere, aber keins konnte es mit *Carlos* aufnehmen. Seit seiner Begründung in den Fünfzigerjahren, hatte es die Gabe perfektioniert, ein Café zu sein. Es war ein Ort, der immer offen war, immer warm, einen immer willkommen hieß. Mehr noch, es hatte seit Jahren Rasmws' Körper und Seele zusammen gehalten, und das war an sich schon ein wertvoller Dienst an der Gesellschaft. Ich glaube nicht, dass die Dekoration sich viel verändert hatte. Die Resopaltische und die Plastiksessel kamen in Mode und aus der Mode. Der Linoleum-Fußboden war nicht besonders sauber, und die Regale hätten mal eine kräftige Bürste vertragen können. Seit ich klein war, konnte ich mich an die Plastik-Eistüten erinnern, die niemals schmolzen, und an die Speisekarte, die älter war als Moses Gebote.

"Drei Tee, bitte", sagte Rasmws zu Lorietta, und dann sahen wir ihr alle unverwandt zu, wie sie das freundliche Gebräu aus der riesigen Teekanne eingoss, "- und *Custard*-Torte." *Custard*-Torte war Rasmws' Lieblingskuchen.

"Machen Sie vier Tassen", sagte eine vertraute Stimme hinter uns, und als wir uns umwandten, sahen wir einen schwachen Schatten von Her mit zwei Augen schwarz von Wimperntusche.

"Eine Runde Toast für mich", sagte Seib, "ich hab 'n Mordshunger - und wie wär's mit 'nem ganzem Teller *Custard*-Torte?"

"Warum nehmt ihr nicht die *mince pies* da, ihr Tröten?", sagte Sgadan am andern Ende der Theke. "Wir ersticken in ihnen."

Rasmws schob ihr das Tablett hin, damit sie die Rechnung machen konnte.

"Weil wir immer noch an den freien Willen glauben", erklärte er ihr, "- abgesehen davon, dass ich *mince meat* nicht leiden kann."

"Anscheinend waren diese Weihnachten alle drauf allergisch", sagte Sgadan, während sie Rasmws zusah, wie er in seiner Tasche nach Kleingeld kramte. Seine Wurstfinger machten's ihm arg schwer, mit Münzen zu hantieren. 'Deswegen hab ich lieber mit Scheinen zu tun', pflegte er mit einem Lächeln zu sagen.

Sgadan tippte auf der antiken Kasse, bis sie klingelte. Wenn das Café alt war, war Sgadan noch älter. Manche sagten, dass sie schon dort sei seit vor der Burg. Andere sprachen davon, dass sie die Großmutter von Edward I. sei. Ich konnte sie mir nirgendwo sonst vorstellen als an der Theke vom *Carlos*. Von der Wyddfa könnte ich mir leichter vorstellen, dass sie sich fortbewegt habe, als von Sgadan. Sie war ein Trumm von einer Frau ohne irgendwas, das ihren Kopf vom Rest ihres Körpers abgegrenzt hätte. Und je älter sie wurde, desto tiefer sank ihr Gesicht in ihren Oberkörper und erweckte den Eindruck, dass sie völlig rund sei. Um sie herum war ein Stuhl so geformt, dass er genau ihrer Figur angepasst war. Unmöglich, dass sie aus dem Stuhl rauskommen konnte. Ich malte mir öfter die abendliche Zeremonie aus, mit der Sgadan an einen Ort zum Schlafen transportiert wurde. Vielleicht machten sie sich gar nicht die Mühe, sie auszuziehen, sondern warfen nur ein riesiges Nachthemd über sie und wickelten sie in Decken. Vielleicht schafften sie sie ja mit dem Speiseaufzug rauf und runter.

Sgadan hatte vor so zwanzig Jahren alle überrascht, indem sie sich geweigert hatte, zu sterben. Sie hatte eine schwere Krankheit bekommen, und sie waren kurz davor, die Beerdigung in die Zeitung zu setzen, als sie abgesagt wurde von Sgadan. Die Leute waren schon dabei, ihre Beerdigungsanzüge abzubürsten und ihre Hüte aus den Schachteln zu holen, als Sgadan den Ablauf der Dinge komplett kaputt machte. Sie weigerte sich, zu sterben. Es blieb am Ende nichts Anderes übrig, als die Blumen im Laden abzubestellen und dem Totengräber zu sagen, er solle die Angelegenheit vergessen. Alle kamen zu dem Schluss, dass Sgadan sterben würde, wie sie alles Andere in ihrem Leben tat - zu ihrer eigenen Zeit. Und so wurden die Leute das Warten leid. Loriettas Großmutter, die Tochter von Sgadan, war gestorben, und Loriettas Mutter ging's gar nicht gut, aber Sgadans Herz schlug immer weiter.

Ich kann mich an sie erinnern, seit ich klein war, als sie die Kasse aufzumachen und uns einen Penny zuzustecken pflegte. Es war eine lohnende Investition, keins von uns Kindern wollte je in ein anderes Café gehen. Es war Sgadans Aufgabe, sich um die Kasse zu kümmern, aber in letzter Zeit war sie erschreckend verwirrt geworden, und Lorietta musste gleichzeitig ein Auge auf sie haben, während sie hinter der Theke bediente. Über Sgadans Thron hing ein Schwarz-Weiß-Photo von der Königin von England, wie sie ihren ältesten Sohn krönte. Sgadan hatte gehofft, dass der junge Prinz auf einen Tee vorbeigekommen wäre an jenem Tag, aber er hatte keine Zeit. Schade - jammerschade in Sgadans Augen, besonders nachdem sie das Café zu seinen Ehren umbenannt hatte. Es hätte einen riesigen Unterschied für's Geschäft bedeutet, und es wäre schön gewesen, eine Schiefertafel neben der Tür zu haben, auf der stand, dass Seine Königliche Hoheit dort Tee und Kuchen genossen hatte.

Man hatte einen guten Blick aus dem Fenster des Cafés. Es ging auf den Marktplatz, was früher ideal gewesen war, als die Busse noch von dort fuhren. Man konnte seinen Tee genießen bis zur letzten Minute und dann rennen, um den Bus zu erwischen, bevor der losfuhr. Aber jetzt hielten die Busse um die Ecke, und man konnte ewig in der Kälte stehen, wenn der Bus Verspätung hatte. Sie hatten aus dem Marktplatz einen riesigen Parkplatz gemacht, und sogar der Markt war von dort vertrieben worden. Der einzige, der von diesem Arrangement profitierte, war Robin Wirion, der herumging und Parkgebühren einsammelte - vollkommen inoffiziell. Nur die Touristen waren dumm genug, zu zahlen, und dann beschwerten sie sich, dass sie keine Quittung dafür bekamen. Da er sein halbes Leben lang darauf beharrt hatte, dass ihm der Marktplatz gehöre, hatte er wohl ein gewisses Recht auf das Geld. Robin Wirion hatte was recht Pfiffiges an sich.

In der Mitte des Marktplatzes stand Sir Huw[17] mit dem Gewicht auf einem Bein und sah an seiner Nase hinunter auf all die Autos wie ein steinerner Verkehrspolizist. Am andern Ende beschwerte sich Lloyd George mit einem Arm in der Luft darüber, dass ihm Möwen auf den Kopf schissen. Hinter ihm war die Flussmündung, und auf der andern Seite vom Fluss war ein kleiner Hügel mit einer Burg drauf, wie in Märchenbüchern. Falls Rasmws mal zum König gemacht werden sollte, wär das ein guter Wohnort für ihn.

"Es war offensichtlich 'ne gute Hochzeit", sagte ich zu dem müden Panda.

"Sprech mich bloß keiner an", gebat Her, "Ich leide furchtbar."

Alle konzentrierten sich auf ihren Toast und ihre *Custard*-Torte. Die *Custard*-Torte vom *Carlos* war meine Leibspeise. Die Kombination von weicher Eiercreme und der schlichten Kruste mit der Schicht Muskat über dem Ganzen hatte etwas Unwirkliches.

"Ich hab auch 'ne Schachtel Pralinen, wenn ihr Hunger habt", sagte ich, und alle waren einig, dass die Mahlzeit so gut war wie ein Weihnachtsessen. Es war die Gesellschaft, die dem Essen den Geschmack verlieh.

"Wenn noch jemand fragt 'Wie war Weihnachten?', schrei ich", sagte Rasmws. "Das einzige, worauf es bei Weihnachten ankommt, ist, dass es genauso ist wie alle Weihnachten vorher."

"Stell dir vor, wenn unsere Tage alle so wären wie Weihnachten", sagte Seib, "dasselbe machen, dasselbe essen, dieselben Karten aufmachen, dieselben Geschenke verschenken - immer und immer wieder."

"Manche Leute verleben denselben Tag mehrmals wieder", sagte ich und dachte an Ffransis Nymbar Wan. Er bekäme 'nen Herzanfall, wenn irgendwas Anderes passieren würde.

"Der Hochzeitstag ist bei allen gleich", versuchte Her, sich am Gespräch zu beteiligen. "Dieselben Kleider, derselbe Gottesdienst, derselbe Ring, dasselbe Brautkleid, dieselbe Torte, dieselben Witze..."

"Ihr da drüben...", sagte Sgadan, "habt ihr Nachrichten gehört? Ihr habt ganze Arbeit geleistet diesmal. Es wird in allen Zeitungen stehen, schätz ich. Ihr solltet euch was schämen."

"Ich hab nix damit zu tun", sagte Rasmws. "Das waren so Penner wie die da. Ich weiß nicht, was aus ihnen noch werden soll."

"Im Knast werdet ihr wieder sitzen, da wett ich drauf. Ich wunder mich, dass sie euch jemals rausgelassen haben. Kein Wunder, dass diese Stadt in so 'nem Zustand ist."

Rasmws erinnerte sie daran, dass sie Tory war und sich freuen sollte, dass sie einem Labour-Minister einen Rüffel erteilt hatten.

"Lass die Politik aus dem Spiel. Respektlosigkeit ist das, und sonst nix."

"Sie haben im Wahlkampf am lautesten gegen Labour gewettert."

"Man braucht niemanden aufzuhängen, darum geht's. Damit hat der ganze Mist angefangen - dass die Leute den Königen die Köpfe abgeschlagen haben."

"Wir wollen doch nur Freiheit für Wales."

"Freiheit für Wales, großer Gott! Ich hab keine Lust, das mitzuerleben. Ich hab das schon hundert Mal gesagt. *South Wales Parliament* wird es sein und nichts Anderes, und die Arschlöcher aus'm Süden werden uns sagen, was wir zu tun haben."

"Besser als die Arschlöcher aus London."

Sgadan steckte sich noch eine Zigarette an. *"Better the devil you know"*, sagte sie und blickte drohend durch den Rauch.

Es war unmöglich, bei ihr das letzte Wort zu behalten. Wenn ich Sgadan zuhörte, fing ich ernsthaft zu zweifeln an, ob es irgendeinen Zweck hatte, ein Parlament für Wales zu kriegen. Wenn wir ein wirkliches Parlament bekämen, würde Sgadan in Streik treten. Gut möglich, dass Sgadan ihre eigene Privatarmee um sich versammeln und kämpfen würde, um ihr königliches Stadtviertel zu verteidigen. Wie ich die Einwohner von Caer Saint kenne, bekäme sie auch ansehnliche Unterstützung.

Die Tür ging auf, und Moth kam herein. "Einen Tee, bitte, und ein Stückchen *bara brith*... und nein, ich will keine *mince pies*, danke."

Er ging mit seinem Imbiss zum hintersten Tisch.

"Wie geht's, Kinder?", sagte Moth. Er war der einzige, der uns immer noch Kinder nannte. "Es ist sehr kalt draußen."

Moth bekam nie das geringste Bisschen Achtung von uns.

An diesem Tag war es schwer, auseinander zu gehen. Es gibt solche Tage, an denen man völlig abhängig ist von der Freundlichkeit und der Gesellschaft von andern. Das ist stärker als jede Droge, und wir konnten damals nicht genug davon kriegen.

Als noch Pill von irgendwoher auftauchte, beschlossen wir, abends in Noddfa eine Fete zu machen, und so kam's auch. Es wurde 'ne geniale Fete, und gegen Ende der Nacht lag ich auf dem Rücken und bewunderte die Decke des Wohnzimmers in Noddfa. Reste von Girlanden hingen von der Decke und ein Zweigchen Misteln, und Seib war sehr liebevoll. Er sagte, dass er mich liebe, und gut möglich, dass er das vollkommen ernst meinte, bis er wieder nüchtern würde. Wir redeten dann noch stundenlang, so dass nur ganz wenig übrig war, was diesen Tag vom folgenden trennte.

30. Dezember

Was macht einen Ausflug nach Irland so außerordentlich vergnüglich? Schwer zu sagen. Die Reise, die Entfernung oder die Tatsache, dass es eine Insel ist? Oder sind's die Leute, mit denen man fährt?

Ich übernachtete Mittwochnacht in Noddfa auf dem Fußboden in Hers Zimmer, den Rest der Nacht, der noch übrig war. Es lohnte sich, morgens Hers Gesicht zu sehen.

"Wir fahren nach Irland!", sagte sie, und ihre Augen waren so voller Vorfreude, dass ich mich darin sehen konnte. Beinah würd ich sagen, die Hälfte des Vergnügens ist, Hers Freude zu teilen. Deshalb mag ich sie so gern. Jede Sekunde mit ihr ist ein intensives, aufregendes Schlagen auf der Trommel des Lebens. Niemals ruhig, niemals still, aber diese große Lust, das Leben aufs Äußerste zu genießen.

"Ich komme, Her - sag ihnen, ich bin unterwegs!", schrie ich außer mir im Hafen von Caergybi. Wie oft haben wir diese Reise zusammen gemacht - und wir sind nie pünktlich angekommen!

"Ihr seid zu spät dran", sagte der Mann hinter dem Glas und drohte die Tickets einzubehalten.

"Bitte - ich hab heute Geburtstag", sagte Her, während sie dem Beamten in die Augen sah und sein Herz auf der Stelle erweichte.

"Überleg dir 'ne bessere Ausrede bis nächstes Mal - vor zwei Monaten hast du auch Geburtstag gehabt", sagte er. Her lachte und schnappte sich die Tickets. Zum Glück war Glas zwischen ihnen, sonst hätte sie ihm auf der Stelle einen dicken Kuss gegeben.

Vielleicht flohen wir beide ja vor etwas. In dem Augenblick, wo das Schiff den Hafen von Caergybi verlässt, kommt eine Welle von Erleichterung über uns. Vielleicht sollten wir ja Meerjungfrauen sein, zwischen zwei Ländern hin und herschwimmen und Männerherzen brechen. Lachen und umarmen und lieben, bevor wir sie mit uns hinunter in die Fluten ziehen, um ihre Sorgen zu ertränken.

Vielleicht sind wir auch zwei Heilige, die von der Strömung hierhin und dorthin geschaukelt werden, mit vollen Segeln und mit Liebe als unserer Botschaft. Wir landen in Irland und ziehen über die Wege der Insel und verbreiten das Evangelium der Liebe. Voller liebevoller Wünsche segeln wir aus Wales hinüber und tauschen Küsse aus.

Vielleicht sind wir zwei Stare, fliegen, ohne irgendwo ausruhen zu können. Schließlich landen wir auf dem Rand der Teigschüssel[18] und flüstern Geheimnisse aus dem Land jenseits der Wellen. Dann werden wir vom Wind fortgeweht, um Boten zwischen Liebenden zu sein.

Vielleicht sind wir zwei Träume, die auf die Fluten geworfen worden sind. Wir werden aufgehoben, um mit betrübten Seelen das Bett zu teilen, wir machen ihnen Freude und verschwinden vor Tagesanbruch.

Vielleicht sind wir zwei leidenschaftliche Frauen, die Spaß haben wollen, auf der Suche nach einer Gelegenheit, aus den Verpflichtungen und der Eintönigkeit des Lebens zu entfliehen. Wir ergreifen die Gelegenheit und machen das Beste daraus, solange wir es können.

Es war nur ein kurzer Tag, aber die Erinnerung daran würde für immer bleiben. In Dublin taten wir immer dasselbe - in der O'Connell Street Tee trinken und Jim Larkin zublinzeln, den Liffey über die verschiedenen Brücken hin und her überqueren, vorbei am Trinity College und dabei die Architektur bewundern, die Seiten des *Book of Kells* bestaunen, bis wir in Grafton ankommen. Ich weiß, dass die Gegend voller Touristen ist, die vor Geld strotzen, aber das ist mir egal. Ich mag es, in die Menge der Studenten einzutauchen, von Straßenmusikern bezaubert zu werden und die Blumenstände zu riechen. Ich mag es, im *Bewley's* Zeitung zu lesen, in *McDaid's* ein Bier zu trinken und durch den St. Stephens Park zu gehen. In *O'Donoghue's* oder im *Boxty House* am Feuer mittagzuessen, in Richtung Rathaus zu schlendern und das Donnern der Pferdehufe der Revolution noch immer widerhallen zu hören. An der Burg die Aufregung des Aufstands wieder aufleben zu lassen und das Sausen der Kugeln zu hören. Und den Hügel hinauf... Wie viele Silvester hab ich an der Christchurch gefeiert, wo Fremde das neue Jahr mit einem Kuss begrüßt haben? Mit Kumpels musste man im *Guiness*-Brauhaus vorbei gehen oder mit dem Bus nach Kilmainham. Mit vernünftigerer

Gesellschaft konnte man im *Gate* oder im *Abbey* eine Vorstellung ansehen. Bevor man nach Hause fuhr, musste man die Gelegenheit haben, durch *Temple Bar* zu flanieren, um zu sehen, was die neuesten Künstler zu bieten hatten. Danach galt es, so viele Kneipen wie möglich unterzubringen, bevor man losraste, um das Schiff zu kriegen - *Mulligans, Kehoes, Stags Head, Brazen Head, Wexford, Slatterys* und *An Beal Bocht*.

Obwohl der Weg immer ganz ähnlich war, war jede Fahrt anders. Die Leute, die mitfuhren, waren andere, die Männer waren verrückter, den Frauen war mehr danach, sich zu vergnügen, das Bier floss früher, die Götter waren freundlicher, das Gespräch fröhlicher, das Wetter rauer, und manchmal wurden unsere Gebete erhört und ein übernatürlicher Sturm hinderte die Schiffe daran, nach Hause zu fahren. Unter derartigen Umständen blieb nichts übrig, als den Zeitvertreib fortzusetzen und eine ganze Nacht Reden und Diskutieren, Trinken und Debattieren, Singen und Zuhören vergehen zu lassen, bevor der Tag anbrach.

Denselben Kick, dieselbe Freude hatte ich diesmal. Her drängte mich, Sam anzurufen, aber ich weigerte mich. Zum einen plagten mich die Zahnschmerzen, und das *Guiness* verschaffte keine vollkommene Erleichterung. Sam würde's nichts ausmachen, Her dabei zu haben, aber natürlich wär ich lieber mit ihm allein. Die beiden auf einmal wäre zu viel. Her war voller toller Ideen, wie wir den Zug nach Cork nehmen und Sam überraschen könnten, aber ich widersprach entschieden. Das würde bedeuten, Silvester dort unten zu verbringen, und komme, was wolle, würden wir versuchen, den Zauber der Nacht am Strand wieder aufleben zu lassen. Und wie ich Sam kannte, hatte er seine eigenen Pläne. Nicht jeder mag Überraschungen so gern, erklärte ich ihr.

"Na klar mögen alle Überraschungen", insistierte Her. "Stell dir vor, da sitzt er im *Anchor* auf seinem Hocker an der Bar, und die Frau seiner Träume kommt herein!"

"Ehrlich gesagt würd's mich nicht wundern, wenn Sam schon die Frau seiner Träume dabei hätte und ich das letzte wäre, was er brauchen könnte", antwortete ich.

Das war der Unterschied zwischen Her und mir. Während ich mir den Kopf darüber zerbrach, ob ich etwas tun sollte, hatte Her es schon ausgeführt. So stürzte sie oft bis über beide Ohren in den Schlamassel. Und bisweilen erlebte sie den äußersten Kick.

Gemütlich in einer der Kneipen sitzend, war Her voller Ideen für Neujahrsvorsätze.

"Ich will dieses Jahr 'n Tapetenwechsel haben", sagte sie. "Ich würd gern umziehen und anfangen, eine Serie von ganz anderer Keramik zu entwerfen."

"Ich seh dich schon vor mir in deinem Zelt mitten auf dem Marktplatz mit 'Helft den Obdachlosen' drauf. Du kannst nicht ganz aufgeben, was du jetzt machst."

Her lachte unbekümmert. "Wie sollen wir rausfinden, was für ein Potenzial wir haben, außer indem wir immer wieder neue Ideen ausprobieren? Ich will nicht fünfzig werden und immer noch bei *Pat a Pot* sein. Ich sehn mich danach, da wegzukommen!"

"Sorg bloß dafür, dass du dich finanziell über Wasser halten kannst", sagte ich mit dem Versuch, verantwortungsbewusst zu sein. Her war eine ganze Ecke jünger als ich, und ich war wie eine Art rotes Licht zur Warnung für sie, wie sie ihr Leben nicht leben sollte. Man musste die Gelegenheit beim Schopf ergreifen, wenn sie sich bot - wie sie es mit jenem Hippie gemacht hatte. Sie hatte in Pistyll eine Liebesgeschichte mit einem Artisten angefangen, und damals zählte nur noch, Jonglieren zu lernen. Sie brach ihm das Herz, und er ging mit seinem Hund zurück nach Taunton, wo immer das sein mochte.

"Ich hatte Sbeidar völlig vergessen. Was um alles in der Welt hab ich in dem gesehen?", fragte sie. Eine Menge Marihuana, lautete die Antwort.

Sie hatte die meisten von ihnen vergessen. Ich pflegte sie sowieso am Ende am besten kennen zu lernen, indem ich ihnen und ihren Sorgen zuhörte.

Her konnte sich nicht entscheiden, ob sie fortgehen wollte, um ein urbanes Leben zu führen, oder ein Häuschen am Meer suchen und mit der Keramik weitermachen. Sie konnte sich auch nicht entscheiden, ob sie lesbisch oder hetero sein wollte, oder ob sie ein Kind haben wollte oder nicht. Ich sagte ihr, dass das allein eine recht grundlegende Entscheidung sei.

"Ich könnte abwechselnd ein Jahr lesbisch und ein Jahr hetero leben", sagte sie.

"Und wo würde da ein Baby reinpassen?"

Das wusste sie nicht. Manchmal konnte ich Hers Appetit nicht fassen - ihren Appetit aufs Leben, auf Essen, auf Trinken, auf Sex, auf Spaß, auf Leiden, auf Gerechtigkeit, auf Rache.

"Was hast du denn für Vorsätze, Ennyd?"

"Ich würd gern nach Mexico fahren, um die Keramik, die sie dort machen, zu sehen."

"Da komm ich mit."

"Nein. Ich könnt dich nicht länger als 'ne Woche ertragen. Ich brauch 'ne verwandte Seele."

"Ruf Esra an."

- Ruf Esra an. War das so einfach? Ja - für Her. Das machte das Leben so toll für sie. Sie würde keine Sekunde zögern, zum Telephon zu greifen. Warum war es für mich so ein Problem? Ich könnte ihn jetzt niemals anrufen. Ich wusste seine Telephonnummer nicht mal mehr. Verwandte Seele - ich könnte mir keine bessere Beschreibung für Esra denken. Das war eine unglaubliche Beziehung, und Her wusste noch nicht mal alles. Wer weiß, was alles hätte passieren können?

"Weißt du noch, was er gesagt hat?", sagte sie.

Hatte ich das mit Her geteilt? Ich erzählte ihr manchmal viel zu viel. Und Her vergaß es auch nie, jedenfalls nicht,,wenn sie sich was merken wollte.

'Wann immer du mich brauchst, ruf an' - die Worte waren in meiner Erinnerung eingebrannt. Wie oft hatte ich ihn gebraucht und nicht den Mut aufgebracht, anzurufen, sogar, als seine Telephonnummer noch in meiner Erinnerung eingebrannt war? Was hinderte mich - Angst, Unabhängigkeit, Ablehnung? Das war noch einer, der sich nicht entscheiden konnte, ob er schwul war oder nicht. Jetzt wohnt er in der Gegend von London und produziert Fernsehsendungen. So viel weiß ich. Er hat geheiratet, aber die Ehe hat nicht lang gehalten. Damals hätte ich beinah Kontakt zu ihm aufgenommen, aber ich hatte Angst, dass er denken würde, dass ich versuchte, das, was zwischen uns gewesen war, wieder aufzuwärmen. Wieder mal hab ich nicht zum Telephon gegriffen.

"Ich werd mir vornehmen, im Garten einen Apfelbaum zu pflanzen", sagte ich plötzlich.

Her sah mich belustigt an.

"Das ist der radikalste und originellste Vorsatz, den ich gehört hab für das neue Jahrtausend!"

"Her, bei all dem Gedöns, das der Rest der Welt machen wird, garantier ich dir, dass meine Idee vernünftiger ist als alle andern."

Wir beide waren einer Meinung, dass der folgende Abend wahrscheinlich grauenvoll werden würde. Eine einzige riesige Medienparty würde es, um zu gewährleisten, dass nichts und niemand auf der Welt es ignorieren könnte.

"Kann gut sein, dass sie oben auf der Wyddfa sein werden", sagte Her. "Ist mehr als möglich."

"Wenn ja, werd ich so schnell die Flucht ergreifen, wie ich kann."

"Das wird nicht so leicht sein, Ennyd. Auf dem Gipfel der Wyddfa um Mitternacht an Silvester, da bleibt dir nicht viel, als zu bleiben, wo du bist."

"Wir werden ein Riesen-Mikrophon unter die Nase gehalten kriegen und gefragt werden, wie wir uns fühlen... Wie ich mein Glueck kenne, wird der pickelige Zwerg von *Radio Cymru* dort sein..."

"Wenn ja, wird er das erste sein, was runtergerollt wird..."

"Früher war ich mal richtig aufgeregt wegen Neujahr", gestand ich. "Ich hatte dieses Verlangen nach einer persönlichen Erneuerung, und ich freute mich drauf, ein neues Blatt anzufangen."

"Ich fühl mich immer noch so", sagte Her unschuldig.

"Wann hast du jemals Lust gehabt, dich zu erneuern?", fragte ich.

"Die Lust ist schon da, aber das Fleisch ist schwach... Wie fühlst du dich jetzt an Neujahr?"

Ich versuchte, meine Gedanken zusammenzufassen.

"Ich frag mich, warum die Dinge sich nicht ändern. Warum sie sich im Rest der Welt ändern, aber nicht in Wales", sagte ich.

"Willst du 'ne Antwort?"

"Ich hab mehrere Antworten... Weil wir's nicht ernst meinen... weil wir nicht wert sind, erlöst zu werden, weil wir eine Kultur des Misserfolgs haben... weil wir unsere Seele verkauft haben... Such dir eine aus. Und ich glaub's nicht, Her! Da ist etwas in mir, dieses Fünkchen Hoffnung, das nicht verschwinden will. Es muss passieren, Her - und zwar zu meine Lebzeiten!"

"Goronwy sagt, wir tun's für die nächste Generation."

"Esra hat das auch immer gesagt. Und jetzt sagt es Malan."

"Ich nicht."

"Ich auch nicht, Her. Die dusselige nächste Generation bedeutet mir nichts. Ich will's selbst erfahren."

Her drehte sich richtig aggressiv zu mir um.

"Was willst du erfahren, Ennyd? Was bedeutet ein freies Wales für dich?"

"All die Dinge, von denen wir gesprochen haben. Schluss mit diesem Quatsch da von Labour, Schluss mit dem bescheuerten Handeln, was für eine Art Volksversammlung unnütz und sicher genug ist, dass wir sie haben dürfen. Die Macht, wirklich was zu verändern..."

"Und glaubst du, dass du und ich da mitmachen dürften - sogar in einem freien Wales?"

Ich sah sie an. Genau die Hoffnung, dass das möglich sei, ließ mich weitermachen.

"Glaubst du's? Meinst du, Leute wie wir kriegen auch nur ein bisschen mehr Macht?"

Ich konnte ihr nicht antworten.

"Du und ich als weibliche Abgeordnete in einem walisischen Parlament... Goronwy als Minister... Seibar und Giaff sitzen Gemeinderäten vor... Rasmws als Kulturreferent... Obodeia verwaltet die Rentenkasse... Pill als Prinz von Wales... Glaubst du's? In deinen kühnsten Träumen?"

Sie hielt inne. "In einem freien Wales - das weißt du so gut wie ich - wird wieder derselbe Klüngel regieren, die schon immer regiert hat..."

"Bloß dass es ein walisischer Klüngel ist", sagte ich voller Spott. Ich versuchte zu entscheiden, ob ich betrunken war oder nicht.

"Und willst du noch was wissen, Ennyd?" Ich war mir nicht so sicher. Hers Worte hatten mich deprimiert. "Ich danke den Göttern, dass ich niemals in der Situation sein werde, Macht zu haben. Ich will es nicht sein. Die Leute sehen mich von oben herab an, weil ich auf Koks bin und in Noddfa wohne und in *Pat a Pot* arbeite. Und gleichzeitig weiß ich, dass ich mehr Freiheit in meinem kleinen Finger hab als jede Frau, die in einem freien Wales leben wird. Ich bin frei, Ennyd - jetzt!"

Das war ein alter Streitpunkt zwischen Her und mir. Sie hatte mit Heroin aufgehört, ja, aber sie glaubte an Kokain als Lebensstil. Ich behauptete hartnäckig, sie sei danach süchtig.

"Ich bin nicht halb so süchtig danach wie andere Leute nach Macht. Macht ist eine Droge, und es ist unmöglich, davon loszukommen." Ich könnte schwören, dass sie nüchtern ist. "Unser Leben, Ennyd - dieses phantastische Leben, das wir in diesem Augenblick leben - ist wertvoller als irgendwas sonst. Wenn wir das nur zu schätzen wüssten. Lass alte Männer in Anzügen diskutieren bis zum Jüngsten Tag. Wir sind zu beschäftigt damit, zu leben!"

Her war in ihrem Element. Beinah hätte sie mich überzeugt. Wenn ich nicht solche Kopfschmerzen gehabt hätte, hätt ich die Vorstellung genossen. Der Geist des alten Conolly[19] muss von ihr Besitz ergriffen haben. Sie hätte definitiv Schauspielerin werden sollen.

31. Dezember

Es war schön, Freitagmorgen in meinem eigenen Bett aufzuwachen. Ich hatte der Versuchung widerstanden, in Noddfa zu übernachten, und hatte ein Taxi hach Hause genommen. Der Fußboden in Noddfa war nicht besonders verlockend. Ich brauchte den Komfort eines Bettes.

Während ich ins Morgenlicht blinzelte, drifteten all die Erinnerungen von gestern in meinen Kopf zurück, als wären sie uralte Geschichten. Ich spürte Sguthan, die auf meinen Füßen vor sich hin döste, ihr Körper hob und senkte sich leicht. Ich hätte den Gedanken ja gemocht, dass sie mich gern habe, aber ich war sicher, dass sie keinen Unterschied sah zwischen mir und den Möbeln. Ich war ein Möbelstück, das sie streichelte und sie fütterte.

Zuerst leerte ich jeden Morgen die Wärmflasche aus, machte das Radio an und setzte Wasser auf - bevor ich duschen ging. Ich genoss die warme Nässe, streichelte meine Haut mit Seife und redete mir ein, dass ich doch so mollig gar nicht sei. Ich hab sahnefarbene Haut, zwei stolze Brüste und einen zähen Körper. Es ist ein gesunder, ein fröhlicher Körper, und ich bin stolz auf ihn. Was macht es mir, dass ich keine sechs Fuß groß und perfekt geformt bin? Ich bin stark, ich bin schön, ich bin lebendig, und ich freue mich auf den Tag.

Als ich meine Beine abtrockne, fällt mir auf, wie haarig sie sind. Ich rasiere sie im Winter nie, es ist viel zuviel Aufwand, und bestimmt halten die Haare warm. Ich trockne meine Haare ab und drehe sie auf, und obwohl das fertige Bild im Spiegel nicht ganz so aussieht, wie es sollte, wird's es schon tun. Ich geh nirgendwo besonders hin heute.

Es ist mir immer leicht gefallen, aufzustehen. Okay, heute war's Mittag, als ich den Tag begrüßte, aber normalerweise ist es gar keine Anstrengung, aus dem Bett zu kommen. Heute muss auch der Aschenrost nicht leer gemacht werden, weil gestern kein Feuer an war; ich leere den Mülleimer aus und setze mich, um ein Stück Toast zu essen. Plötzlich fällt mir ein, dass heute der letzte Tag des Jahres ist.

Nachmittags ging ich rüber zu Dyddgu. Ich melde mich nicht halb so oft, wie ich sollte. Ich denke, ich wäre mit Dyddgu auch eng befreundet, wenn sie nicht meine Schwester wäre. Als ich ankam, war sie gerade dabei, Wäsche auf die Leine zu hängen. Ich beobachtete sie eine Weile, eh sie mich bemerkte. Ich denke an Dyddgu immer als Wäscherin, entweder bügelnd oder waschend, rubbelnd, einweichend oder Wäsche aufhängend. So wär ich wahrscheinlich auch, wenn ich vier Kinder hätte.

"Ennyd!", rief sie mir zu, bevor ihr Lächeln gefror. "Was ist los? Du läufst, als wärst du hundert."

"Sieht man das so?", sagte ich. "Ich hab 'n Ausflug nach Irland gemacht gestern. Das jetzt ist schon toll dagegen, wie's mir gestern Abend gegangen ist."

Ich ging in die Küche und ließ mich im Sessel nieder.

"Hallo, Hawys!"

Hawys schnitt auf dem Tisch Figuren aus Teig.

"Hallo, Hawys!"

"Hawys hat zu tun", sagte sie und zeigte mir, was Sache war. Wann verlieren wir die Gabe, ehrlich zu sein?

"Kannst du bis heute Abend bleiben?", fragte Dyddgu, während sie mir einen Tee einschenkte und einen Teller Plätzchen vor mich stellte. "Gethin und ich würden uns freuen, Gesellschaft zu haben - das heißt, jemand, der älter ist als neun."

"Tut mir leid, wir gehn mit 'n paar Leuten auf die Wyddfa."

"Bei dem Wetter? Du bist jeck. Sie haben Schnee vorhergesagt."

"Schnee?", fragte die Kleine in heller Aufregung.

"Noch nicht, aber kann gut sein, dass er morgen kommt..."

"Morgen gibt's Schnee", sagte Hawys zu mir und erklärte sich einverstanden, ein bisschen auf meinem Schoß zu sitzen, die Hände voller Mehl.

"Ich werd aussehen wie ein Schneemann, wenn du dir nicht die Hände wäschst", sagte ich, und Hawys lachte dreckig und tat mir Mehl auf die Nase.

"Weißt du, dass sie sich nicht an Schnee erinnern kann? Sie war grad erst auf die Welt gekommen, als wir die letzten Schneestürme hatten..."

Ich erinnere mich gut an Hawys' Geburt. Ich hab nämlich auf den Rest der Kinder aufgepasst, während Dyddgu und Gethin im Krankenhaus waren. Es schneite heftig, und die Kinder waren alle miteinander im Bett und versuchten zu erraten, wie das neue Baby heißen würde. Illtyd wollte es 'Eira Wen' - 'Weißer Schnee' nennen. Hawys fand diese Geschichte klasse.

Es war gemütlich bei Dyddgu. Eh ich mich's versah, kamen die Kinder und Gethin nach Hause und hatten ganz viel zu erzählen, und ich wurde überredet, zum Tee zu bleiben. Ifan wollte, dass ich seine Weihnachtsgeschenke ansah, Carys wollte ihr Seeräuberkostüm vorführen, und Illtyd wollte mir zeigen, wie man Schreibschrift schreibt.

"Lasst die arme Ennyd mal in Ruhe", flehte Dyddgu tausend Mal. "Die Arme ist hierher gekommen, um sich zu erholen." Wenn eine Arme sich erholen musste, dann war das Dyddgu.

Als ich wieder zu Hause war, musste ich zugeben, dass ich mich wie durch die Mangel gedreht fühlte. Laut Dyddgu würde ich mich sehr schnell an die Aufregung und den Krawall von Kindern gewöhnen, aber die Sache war die, dass ich mich nicht daran gewöhnen wollte. Ich denke, auch Dyddgu ist Teil dieser Frauenverschwörung, um mich zu überreden, Kinder zu kriegen. Alle fanden es so schade, wo Ennyd doch 'so gut mit Kindern konnte'. Sie schienen nicht zu verstehen, dass Kinder zu mögen und selber Kinder zu haben zwei völlig verschiedene Dinge sind. Ich genoss es, mit Kindern zusammenzusein, nicht Erziehungsgewalt über sie zu haben.

Bevor ich bei Dyddgu aufbrach, durfte Hawys in Hausschuhen mit mir nach draußen, um zu gucken, ob Schnee da war.

"Dort ist er", sagte sie, "dort oben."

Es war eine wunderbare Mondnacht, aber ich sah kein Stäubchen von Schnee.

"Jetzt seh ich ihn runterkommen", sagte sie. "Guck!"

Ich nahm sie auf den Arm, damit sie näher an der Nacht war, und sie bestand weiter darauf, dass Schnee unterwegs sei. Bei all dem Gerede vom Weihnachtsmann und den Rentieren und Engeln am Himmel war's gut möglich, dass die Kleine völlig verwirrt war. Ich spürte ihre weiche Wange an meiner, und sie drehte sich um und sah mich an.

"Wir kriegen ein nagelneues Jahr morgen", sagte sie.

Ich konnte mich des Gefühls nicht erwehren, dass sie ein großes Geheimnis mit mir geteilt hatte.

* * *

An diesem Abend erwartete ich Her nicht vor elf bei mir, aber sie kam an die zwei Stunden früher, weil sie so aufgeregt war. Wir brachten die Zeit damit zu, zu futtern und fernzusehen.

Um Mitternacht war das große Treffen am Fuß der Wyddfa, "Und wir dürfen auf keinen Fall zu spät kommen - klar?", sagte ich.

Mir fiel plötzlich ein, dass ich vergessen hatte, die Armbanduhr bei Dic Doc abzuholen. Her nahm nie Notiz von der Uhrzeit, also würde ich den Wecker mitnehmen müssen.

"Ich hab drei Paar Socken, eine Strumpfhose und zwei Hosen und ungefähr vier Lagen oben. Meinst du, das ist warm genug?", fragte Her.

Ich hatte mich so eingewickelt, dass ich das doppelte Volumen wie sonst hatte und es mir schwerfiel, meine Arme richtig zu bewegen - das heißt, wenn mir danach gewesen wäre, meine Arme zu bewegen.

"Es war eine gute Idee neulich, als sie uns kam", sagte ich, "aber das letzte, was ich jetzt tun möchte, ist dieses Haus zu verlassen." Das Feuer brannte noch im Kamin, und alles war so gemütlich.

"Komm schon - du gehst heute abend mit mir raus, auch wenn das letzte ist, was du machst. Jetzt ist es zu spät, um was Anderes loszumachen."

"Ich kann nach Pen y Pas mitkommen, aber ich hab nicht die Kraft, auf den Gipfel zu laufen - ehrlich", gab ich zu. Es war nicht aus Faulheit. Ich fühlte mich wirklich wie durch die Bach gezogen.

"Die Sonne über Pen y Pas aufgehen zu sehen, ist nicht ganz das selbe. Da könntest du sie genauso gut vom Bett aus angucken."

Sie hatte Recht. Die Sonne eines neuen Jahrtausends aufgehen zu sehen - diese Gelegenheit würde ich nicht noch mal haben. Aber wo sollte ich die Kraft hernehmen?

"Tu die Suppe in die Thermoskanne und setz dich hierher - wir haben noch Zeit, diese Sendung zu Ende zu sehen, bevor wir losgehen", sagte Her.

Ich weiß nicht, warum ich mir überhaupt die Mühe machte, mit Her zu diskutieren. Es war immer leichter, ihr zuzuhören und zu gehorchen. Wenn Her etwas beschlossen hatte, dann passierte es auch. Ursprünglich war's sowieso meine Idee. Das war das Schlimmste. Ich ging rüber in die Küche.

Rucksack... Thermoskanne... Handschuhe... Wecker... was noch? Ich schüttete die Suppe in die Thermoskanne und versuchte, Sguthan von meinen Beinen zu verscheuchen. Ich hatte ihr immer noch kein Futter gegeben... Es fiel mir schwer, an alles zu denken...

Da passierte es.

Ich spürte, wie ein Messer durch mein Herz gestoßen wurde, ruckartig gedreht wurde und dann durch meinen Arm schoss und verschwand.

Der Fußboden schlug mir an den Kopf.

Die Thermoskanne zerschepperte, und Sguthan rannte um ihr Leben; ich hatte mich mit kochend heißer Suppe übergossen.

"Ennyd!"

Ich wurde zu einer kleinen Kugel zusammengeballt, meine Knie berührten meine Stirn, als eine unsichtbare Hand ihre Faust um mich schloss.

"Ennyd?"

Ich spürte das kalte Linoleum des Küchenbodens an meiner Wange. Ich konnte gradewegs unter den Kühlschrank sehen.

Mir fiel jene grauenvolle Klaue ein, die durch das Fenster von Teyrnon Twrf Liant gekommen war. Neujahrsnacht war es damals gewesen, und ein Fohlen war an seiner Mähne gepackt und gestohlen worden.[20] Jetzt war die Klaue gekommen, um mich zu holen.

"Ennyd!... Ennyd!..."

Die vertraute Stimme einer lieben Freundin war neben mir.

"Ennyd, sag was..." Die Freundin nahm meine Hand und streichelte meine Wange, und ich fühlte ihren Atem an meinem Ohr. Sie legte ihren Kopf auf meine Brust, und stacheliges Haar kitzelte mein Kinn.

Dann ging sie weg, und ich konnte nicht allein aufstehen. Ich hatte die Küche noch nie so gesehen. Das grelle Licht, das senkrecht auf mich herunterstrahlte, die Geschirrregale über mir und die Pfannen, die an der Wand hingen.

Ich erschrak, als ich warmes Blut feucht unter meinem Kopf spürte, aber dann bemerkte ich Möhrenstücke und Erbsen und Nudeln darin.

Gott sei Dank, die liebenswerte Freundin kam zurück und wickelte mich in eine warme Decke und streichelte wieder mein Gesicht. Sie bräuchte nur neben mir zu sein, und ich wäre zufrieden. Aber während ich zwischen Bewusstsein und Ohnmacht hin und her pendelte, war sie voller Sorge und erfüllte mich mit einer unbestimmten *großen Angst*. Ich konnte nicht mehr hören, als dass mein Name wieder und wieder genannt wurde, und das Geplapper des Fernsehers in der Ferne.

Ich fühlte noch jemand oder etwas unsicher in meiner Nähe herumstaksen. Als es meine Hand berührte, war es warmes Fell, und es war Sguthan, und meine Welt war in Ordnung. Ich bekam ein Kissen unter den Kopf, das viel bequemer war als das nasse Linoleum, und ich war völlig einverstanden, einzuschlafen.

"Sie werden gleich hier sein, Ennyd."

Aber wer soll denn noch kommen? Wer könnte in unserer glückseligen Dreieinigkeit noch fehlen? Warum lassen sich meine Arme nicht heben, damit ich sie umarmen kann - Her und Sguthan und ich? Ich bin Ennyd, und sie ist Her, meine beste Freundin. Bleibt da, es gibt keine Veranlassung, zu gehen. Es braucht niemanden sonst außer uns. Sguthan hat immer noch kein Abendessen gekriegt, und ich bin ganz sicher, dass ich grad dabei war, irgendwas zu tun.

Als alles vollkommen glückselig war, kam noch ein Blitz, der mich in der Mitte traf und mich bis ins Mark durchbohrte. Er spaltete mich und schlug mich in tausend Stücke.

1. Januar 2000

Überall auf der Welt läuteten Glocken, in jeder Stadt. Die Glocken läuteten eine gesegnete Morgendämmerung ein, ein neues Jahr, ein reines Jahrhundert, ein spannendes Jahrtausend voller Hoffnung.

Anders war die Glocke, die im Haus meiner Eltern läutete. Sie läutete, um ihnen zu sagen, dass sie eiligst kommen sollten und ihre Tochter holen.

"Ich fürchte, es ist sehr ernst", sagte Her am Telephon.

Inzwischen wusste ich, dass es zu spät war. Du weißt es, wenn du gestorben bist. Etwas in deinem Innersten sagt es dir. Oder du merkst es daran, dass in deinem Innersten etwas fehlt. Ich weiß, dass das kein angemessener Vergleich ist, aber es ist, wie wenn eine Zentralheizung kaputtgeht. Du nimmst das Geräusch nicht wirklich wahr, solang die Heizung funktioniert, nichts als ein beständiges leises Murmeln zeigt dir, dass heißes Wasser durch die Leitungen fließt. Es bewegt sich, und die Folge davon ist Wärme. Etwas ganz Ähnliches ist der Weg des Bluts durch die Adern und der Nahrung durch die Eingeweide. Das Blut verbreitet Wärme, und dein Magen macht Geräusche als Indiz, dass Nahrung verdaut wird. Das alles war nicht mehr da. War zum Stillstand gekommen. Hatte aufgehört. Nichts bewegte sich mehr in mir. Es herrschte Grabesstille.

Warum war ich dann noch bei Bewusstsein? Ich hatte mir Sterben immer als einen großen Knall vorgestellt, und das war's. Das zeigt, wie wenig wir darüber wissen. Ist auch kein Wunder. Es hat ja keiner überlebt, der's uns hätte erzählen können. Manch einer hat sich das Erlebnis ausgemalt, es nacherzählt, versucht, darüber zu schreiben. Aber es ist immer eine Aufzeichnung aus zweiter Hand. Nichts gleicht der realen Erfahrung.

Von irgendwoher kamen meine Eltern und sahen auf mich herunter. Ich hatte diesen Ausdruck auf ihren Gesichtern noch nie zuvor gesehen. Aber natürlich, sie hatten mich auch noch nie zuvor tot gesehen. Mein Vater fasste mich an den Handgelenken, und mit ziemlicher Anstrengung hob er mich auf, trug mich rüber ins Wohnzimmer und legte mich aufs Sofa. Das dauerte nur ein paar Sekunden, aber es trug mich um Jahrzehnte zurück. Er hatte mich nicht mehr mit solcher Zärtlichkeit getragen, seit ich ein kleines Mädchen gewesen war.

Mama weinte auf dem Stuhl vor mir, und Her neben ihr fühlte sich sichtlich unwohl. Ich hatte ganze Arbeit geleistet diesmal - es mir auf immer mit ihnen verdorben. Ich würde niemals mehr so was Schlimmes tun können - nie. Vor den eigenen Eltern zu sterben ist die fieseste Art, ihnen weh zu tun. Es geht gegen die Regeln der Natur, gegen die Regeln des Menschen und Gottes. Es gehört sich nicht.

Irgendwo tief in mir erwartete ich fast, gescholten zu werden, bis ich erkannte, wie dumm der Gedanke war. Ich würde nie, nie wieder von ihnen gescholten werden. Sie würden mich nie wieder in jener geringschätzigen Weise ansehen. Ich würde nie wieder jene Enttäuschung und Desillusionierung in ihren traurigen Augen sehen müssen.

"Wie kann das ein Herzinfarkt sein?", fragte Mama. "Das ist doch nicht möglich - nicht in ihrem Alter." Ich bin sicher, dass Mama mich immer noch als jungen Hüpfer von zwanzig sieht.

"Es kommt vor, Menna, es kann vorkommen", antwortete mein Vater. Ja, natürlich kann es. Bin ich nicht der perfekte Beweis dafür?

Am vernünftigsten war Her. Sie sagte kein Wort.

Es ist am Ende niemand auf die Wyddfa raufgegangen in dieser Nacht. Das Telephon klingelte, und ich hörte Her erklären, dass ich gestorben sei. Ich dachte an die Enttäuschung, die ich ihnen allen bereitet hatte. Sie müssen von Llanberis aus angerufen haben, um zu fragen, wo wir bleiben, und dann haben sie die unerwartete Antwort bekommen, dass sie mich nie wieder sehen würden. Besser hätte man ihnen das Neujahr nicht verderben können. Her rief auch andere Leute an, um es ihnen zu sagen. Ich machte mir Gedanken, wie vielen Leuten ich wohl so ihr Neujahr verdarb. Aber man musste ihnen Bescheid sagen. Außerdem war's gut, von jemand anderem eine Bestätigung zu kriegen, statt dass ich allein vor mich hin grübelte. Her war die erste, die ich in jener

Nacht das Wort "tot" aussprechen hörte, und sie wiederholte es mehrmals. Nachdem sie das Wort gesagt hatte, war es sozusagen offiziell.

Ich war zeit meines Lebens eine üble Hypochonderin gewesen. Kopfschmerzen bedeuteten einen Tumor, eine Schwellung bedeutete ein Geschwür, Ausbleiben der Regel ein Baby, Halsschmerzen Hirnhautentzündung, Frösteln Wundbrand. Ich pflegte Tage damit zuzubringen, meine eigene Beerdigung zu planen, eh ich den Arzt anrief - nur um zu entdecken, dass ich eigentlich gar nicht so was Schlimmes hatte. Jetzt zahlte ich den Preis für meine Dummheit. Mir war etwas wirklich Ernstes zugestoßen. Ich war gestorben.

Dann kam ein wohliges Gefühl über mich. Ich würde nie wieder krank sein - nie mehr. Ich würde nie wieder an einer Erkältung leiden oder an der Grippe, Ohrenschmerzen, Kopfschmerzen, Rückenschmerzen, Halsschmerzen, Durchfall, Verstopfung, Regelschmerzen, Verdauungsstörungen. Ich war frei von jeder Krankheit, ich war frei von Schmerz! Da erinnerte ich mich an die Zahnschmerzen. Es war ein komisches Gefühl, dass ich meine Zunge nicht bewegen konnte, um mit dem Zahn zu spielen, aber ganz sicher bestand nie mehr die geringste Gefahr von Zahnschmerzen. Ich würde keinen Zahnarzt mehr brauchen und keine Spritzen.

Ich machte eine kurze Bestandsaufnahme der Situation. Das einzige, was Sterben für mich bedeutet hatte, war, dass ich nicht sprechen und mich nicht bewegen konnte. Das war alles. Den Rest meiner Sinne hatte ich behalten. Das war gar nicht so ein schlechter Handel. Am frustierendsten war, meine Familie in Trauer zu sehen und ihnen nicht mitteilen zu können, dass es mir viel besser ging, als sie dachten.

Hör auf zu weinen, Mama, bitte. Wenn du mir ein Trost sein willst, gib der armen Sguthan was zu fressen. Sie miaut seit einer Ewigkeit, und das nicht aus Trauer. Kümmer sich doch mal jemand um die Ärmste! Wenn sie noch lange hungert, wird sie auch tot sein.

"Wisst ihr, ob sie 'ne Bibel hatte?", fragte Papa. Hoffentlich hatte er nicht vor, mich vor Her zu blamieren.

"Warum?", fragte die.

"Ich hab gedacht, ich könnte'n paar Verse lesen..."

Nicht, Papa, bitte...

"Meinen Sie, sie würde das wollen?", fragte Her.

"Eher für mich selbst", sagte er erklärend.

"Ich hab sie nie mit 'ner Bibel gesehen..."

Es ist eine da, Her. Sie ist ganz unten im Bücherregal, unter den Photoalben. Okay, ich hab sie seit Urzeiten nicht aufgeschlagen, aber sie ist da. Irgendwie kann ich sie nicht wegwerfen, weil ich das Gefühl hab... was eigentlich? Weil ich mich sicherer fühle damit? Ja, wahrscheinlich. Sie ist etwas, das böse Geister fernhalten kann. Eine Art Versicherung gegen... gegen... Sterben und so was. Naja, das hat ja nun nicht funktioniert.

"Macht nichts", sagte Papa. "War bloß so 'ne Idee..."

Mein Denken sollte sich eigentlich auch mit erhabeneren Dingen beschäftigen. Wahrscheinlich sollte ich einen Psalm aufsagen oder ein Vaterunser oder so, statt über Zahnschmerzen nachzudenken. Aber ich muss zugeben, dass die Abwesenheit der Zahnschmerzen mich zur Zeit am glücklichsten machte. Es war, als wäre eine große Last von meinen Schultern genommen. Natürlich waren es nicht nur die Zahnschmerzen, sondern jede andere Art von Schmerz, die es auf der Welt gab. Den brauchte ich nicht mehr zu fürchten. Er hatte stattgefunden, hatte zugeschlagen und war vorbeigegangen. Er konnte mir nie wieder widerfahren... Das war ein Gefühl wie Fliegen.

Wann hatte ich so ein erhebendes Gefühl der Erleichterung schon mal gehabt? Mit welcher Erfahrung war es vergleichbar? Aus der Schule zu kommen, schätze ich. Damals hab ich die Tage gezählt, bis meine Finger nicht mehr mit Tinte verschmiert sein würden, bis ich mir die marineblaue Rüstung vom Leib reißen könnte und den Geruch von Desinfektionsmittel im Flur loswürde. Ich konnte nicht glauben, dass es eine Welt jenseits davon gab, dass ein solches gelobtes Land möglich war. Eine Welt ohne Schule! Eine Welt, wo ich die Freiheit hatte, mein Geschick selbst zu gestalten! Eine Welt mit Von-zu-Hause-Weggehen und Auf-eigenen-Füßen-Stehen. Das war ein erhebendes Gefühl für eine Achtzehnjährige. Jetzt war ich auf der Schwelle zu einer noch aufregenderen Erfahrung. Niemand wusste, was auf mich zukam. Trotz der Weisheit der Jahrhunderte, das hier war das äußerste Geheimnis.

"Am besten nehmen wir sie jetzt mit nach Hause, Menna," sagte Papa nach einer ganzen Weile. Ich hatte seit einiger Zeit aufgehört, ihnen zuzuhören, ihr Gespräch deprimierte mich.

Papa nahm mich wieder auf seine Arme und trug mich über die Schwelle nach draußen zum Auto. Ich spürte die Wärme seiner Wollweste im Gesicht. Ich hatte mich nie so sicher gefühlt. Warum jetzt erst, Papa? Warum hast du so lang Distanz gehalten? Warum hast du mich nicht einmal in die Arme genommen, als ich schon groß war, und mich an dich gedrückt? Jetzt ist es zu spät. Ich gäb was dafür, für immer so in seinem Schoß bleiben zu dürfen. Irgendwie war ich sicher, solang ich in seinen Armen war. Er würde nicht zulassen, dass mir etwas Böses geschähe. Plötzlich spürte ich eine leichte Schneeflocke auf meiner Nase. Hawys würde morgen früh ganz hin und weg sein.

Als das Auto anfuhr, sah ich für einen Augenblick Her vor dem Haus stehen und uns nachsehen, wie in Trance. Gott sei Dank hatte sie Sguthan im Arm. Es tröstete mich, dass jemand für sie sorgen würde. Erst als das Haus aus dem Blickfeld verschwunden war, wurde mir klar, dass ich es nie wieder sehen würde. Ich hatte gar nicht verabredet, dass jemand sich um das Haus kümmern würde, während ich weg wäre. Ennyd, du kommst nicht zurück. Nein. Ich komme nicht zurück. Wer wird das Haus denn kriegen? Ich hatte gar kein Testament oder dergleichen gemacht. So war ich immer gewesen, ein hoffnungsloser Fall, was Formulare angeht. Der Arme, wer es auch immer sein würde, der versuchen müsste, Urkunden und Versicherungsunterlagen und so zu finden. In meinen Papieren herrschte fast so großes Chaos wie in denen von Rasmws.

Es war nicht allein meine Schuld. Ich war nicht vorgewarnt worden. Ich war auf eine sehr unglückliche Weise gestorben, jedenfalls für eine unordentliche Person. Was hab ich eigentlich gehabt - einen Herzinfarkt? Oder mehr als einen? Ich war mir nicht sicher. Vielleicht zwei - weil ich mich an den ersten erinnern kann. Der zweite muss mich erledigt haben. Wenn ich wenigstens eine Woche zwischen den beiden gehabt hätte, dann hätte ich alles viel ordentlicher hinterlassen können.

An einem Herzinfarkt zu sterben. Das kam unerwartet. Ich weiß, dass das in der Natur eines Herzinfarkts liegt, aber das mein icht nicht. Für meinen Charakter war es unerwartet. Ich hab mich selbst nie gesehen als jemand, der an einem Herzinfarkt sterben würde. Meine Freunde hatten immer geschimpft, dass mein Fahrstil einmal die Ursache für mein Ende sein würde. Sie waren fest überzeugt davon, dass ich nicht dazu geeignet war, am Steuer zu sitzen. Her und ich hatten immer gesagt, wir würden nicht an Altersschwäche sterben, das wäre entschieden zu langweilig. Her stellte sich immer vor, auf sehr dramatische Weise zu sterben, von einer Klippe in die Tiefe des Meeres gestürzt zu werden - oder sich selbst zu stürzen. Wie ich Her kenne, ist die Wahrscheinlichkeit viel größer, dass sie jemand anderen ins Meer stürzt. Herzinfarkt - das war eine ziemlich dramatische Art zu gehen, aber es hatte nicht viel Romantisches. Es könnte ja sein, dass ich an gebrochenem Herzen gestorben bin, aber eher nicht. Ich war ein zu fröhliches Wesen dafür. Wie Sam wohl reagieren würde? Ich könnte so tun, als wäre ich seinetwegen an gebrochenem Herzen gestorben, aber ich hab's mir schnell anders überlegt. So ein Gedanke wär bloß Nahrung für ein Männer-Ego.

Ich war's schuld, und niemand sonst. Ich hab kaum Aufmerksamkeit auf meinen Körper verwandt, und noch weniger auf Sport. Und zu gern gegessen hab ich. Mein Gewicht muss mein Herz zu sehr belastet haben. Ich konnte meinen Arzt vor mir sehen, wie er mit selbstzufriedenem Lächeln sagte: "Ich hab's ja immer gesagt." Obwohl, sogar das hatte seine gute Seite. Ich würde nie wieder versuchen müssen, abzunehmen. Jetzt war ich mein ganzes Gewicht auf einmal quitt.

Die Autofahrt war viel zu schnell zu Ende. Ich hätte ihr mehr Aufmerksamkeit schenken sollen, wenn man bedachte, dass das meine letzte Autofahrt war. Mein Vater nahm mich wieder in seine Arme und trug mich ins Haus, die Treppe rauf und in das Zimmer zum Garten. Ich wunderte mich, dass er immer noch stark genug war, mich zu tragen - vielleicht hatte er Hilfe von oben. Mama versuchte ihm zu helfen, aber sie war zu nichts zu gebrauchen. Sie war fast in einem schlechteren Zustand als ich.

Das war etwas, das mich ganz furchtbar frustrierte. Ich konnte mich nicht um alles in der Welt dazu zwingen, mir den Ernst der Lage klar zu machen. In Wirklichkeit glaubte ich nicht, dass ich gestorben war. Ein unglücklicher Irrtum war es. Mir war etwas Großes zugestoßen und ich war ernsthaft krank, das war unbestreitbar. Meine Eltern waren gekommen und hatten mich abgeholt, und sie wollten den Arzt rufen. Das machte Sinn. Jetzt trug mein Vater mich die Treppe rauf - mit ziemlicher Anstrengung -, um mich ins Bett zu legen. Ich war wieder ein kleines Mädchen, das nach einer langen Autofahrt fest schlafend ins Bett getragen wurde.

"Wir ziehen sie besser aus, bevor der Doktor kommt", sagte Papa, und meine Eltern begannen, mich auszuziehen.

"Wie viele Lagen hat sie denn an?", fragte er schließlich, als sie den dritten Pulli erreichten. "Es muss kalt sein in dem Haus da..."

"Sie wollten sich mit jemand treffen, um rauszugehen."

"Um die Zeit mitten in der Nacht?"

"Sie waren eine ziemlich komische Truppe."

"Und sie hat uns nie irgendwas gesagt..."

Am Ende war ich komplett nackt und versuchte mich zu erinnern, wie alt ich war, als meine Eltern mich zuletzt ausgezogen hatten. Gemeinsam zogen sie mir eins von Mamas sauberen Nachthemden an. Ich fühlte mich da drin wie hundert. Zu meiner Verwunderung legten sie mich nicht zwischen das Bettzeug, sondern auf den Bettüberwurf und über mich ein leichtes Laken. Vielleicht wollte Mama kein Bettzeug schmutzig machen.

Die beiden gingen aus dem Zimmer, und nach einer Weile kam Papa zurück mit einem Buch in der Hand. Dann begann er vorzulesen: "Er erquicket meine Seele... Und ob ich schon wanderte im finstern Tal, fürchte ich kein Unglück; denn du bist bei mir...."

Ich wollte solche Worte nicht hören. Sie machten mir Angst. Normalerweise hatte die Bibel keinerlei Wirkung auf mich, aber jetzt war es so, als versuchte sie mir etwas zu sagen. Ich schob die Sache im Geist beiseite.

Dann tat Papa das Seltsamste. Er sang mir ein Lied vor. Ein Wiegenlied war es, eins, das er Dyddgu und mir, als wir klein waren, vorm Einschlafen zu singen pflegte. Seine Stimme gab nicht viel her, und er konnte den Text nicht mehr richtig, aber das war egal. Genau jetzt war es der größte Trost für mich. Ein paar Töne in einer besonderen Abfolge beförderten mich in eine Zeit weit, weit weg, als ich unter der Bettdecke geborgen war, als Gott an seinem Platz und die Welt in Ordnung war, als Dyddgu nebenan eine schützende Mauer gegen jeden Sturm war, Mama in der Küche ein verlässliches Fundament und Papa ein fester Turm, der alles Böse fernhielt. Ich erinnerte mich auch an die Stimmung des Lieds, die Bilder, die es an die Wand meiner Phantasie malte in dieser behaglichen Dämmerung vor dem festen Schlaf. Als ich das Lied jetzt wieder hörte, nach all den Jahren, wollte ich, dass Papa dort bliebe und mir Gesellschaft leistete, mich liebte, als wäre ich noch lebendig, und nicht zuließe, dass mich jemand von dort wegholte. Ich weiß nicht, wie lang er dort saß, aber schließlich stand er auf, küsste mich zögernd und ging dann hinaus und machte die Tür zu. Das war der letzte Kuss, den ich bekam.

Vielleicht träumte ich ja. Vielleicht war ich ja auf einer sehr starken Droge. Vielleicht würde ich nach einer Weile aufwachen und bittere Tränen der Freude weinen. War es möglich, in einem Traum so sehr bei Bewusstsein zu sein? Natürlich. Ein surrealer Traum, absolut unvergesslich, die verrückteste Erfahrung, die ich je machte, eine Geschichte, die ich mein Leben lang meinen Freunden erzählen würde. War nur zu hoffen, dass jemand Nettes bei mir sein würde, wenn ich aufwachte. Ich wollte nicht aus all dem hier rauskommen und mich tatsächlich im Haus meiner Eltern vorfinden, die mich umsorgten.

Als in dem Zimmer das nächste Mal das Licht anging, war da Doktor Williams, und ich nahm das als gutes Zeichen. Es hätte keinen Zweck, dass der käme, wenn ich tot wäre. Vielleicht wollte er ausnahmsweise mal was Nützliches tun und versuchen, mich zu heilen. Ich konnte Doktor Williams und den Rest seiner Zunft nicht leiden. Mir fiele's leichter, zu Wunderheilern zu gehen, ehrlich. Er grüßte mich nicht und nix, redete nur mit meinen Eltern und fragte, was passiert war. Er hatte noch nie Manieren gehabt.

Er drückte und knuffte an meinem Körper herum, als handelte es sich um die Überreste von einem Tier auf einer Metzgereitheke. Er packte mein Handgelenk und horchte angestrengt auf nichts.

"Ich werde Ihnen den Totenschein ausstellen", war alles, was er sagte, und jegliche Hoffnung löste sich in Wohlgefallen auf. Im Handumdrehen hatte er ein Stück Papier und einen Füller in der Hand. Ich fühlte mich an die einfühlsame Befragung bei der Polizei erinnert, nachdem sie einen festgenommen haben.

"*Place of death?*"

"2 Hendy Terrace, Rhostir."

"*Ennyd Fach... - Female - ...Time?*"

"Mitternacht."

"Genau?"

"Ja..."

"Dann ist es 1999. Sonst wär's 2000, wissen Sie. Deshalb ist es wichtig, die Zeit auf die Sekunde genau zu haben."

Offenbar hatte der Mann Bildung genossen.

"*Occupation?*"

"Was sollen wir sagen... '*Painter*' klingt komisch... Sie hat Keramik bemalt..."

"*...Decorative painter. Age?*"

"*Thirty nine.*"

"*Cause of death... Cardial failure...* Und ich kann nicht behaupten, dass mich das erstaunt. Ich hab sie mehr als einmal gewarnt... So kommen Sie immerhin um 'ne Obduktion rum. Das war's. Und ich muss Ihren Namen unter '*informant*' angeben."

Thankyou, Williams, thankyou vielmals. Da sehen Sie den Staatlichen Gesundheitsdienst in all seiner Pracht. Ich hab Doktor Williams nicht sehr oft konsultiert. Und wenn ich ihn brauchte, hatte er kein Verständnis. 'Frauenprobleme' war seine geringschätzige Bezeichnung für alle Beschwerden, die ich hatte. Was sonst erwarten Sie, dass ich habe, Mann? Und jetzt, wo ich seine Kooperation und sein Mitgefühl mehr als jemals bräuchte, krieg ich so eine Behandlung.

Ich befürchte, dass er einen großen Fehler gemacht hat. Er hat mich nicht eingehend genug untersucht, und ich kriege keine Obduktion. Ich glaube, ich habe eine *extreme Lähmung*. So extrem, dass sie mein Herz gelähmt hat, aber das ist kein Grund, so leicht aufzugeben. Vielleicht wollte Williams nicht, dass sie merkten, dass ich noch am Leben war. Schade, dass ich nicht die Möglichkeit hatte, den Totenschein selber auszufüllen. Ich hätte geschrieben "Todesursache: unqualifizierter Arzt" - und ich wäre ihm auf die Nerven gefallen, bis er mir ein walisischsprachiges Formular gegeben hätte. Bestimmt ist deshalb auf dem Totenschein nicht die Unterschrift des Verstorbenen notwendig. Zu viele Leute würden Rechnungen begleichen wollen. Hoffentlich kommt die Angelegenheit vor ein Schiedsgericht, und der alte Williams kriegt seinen Namen aus dem Arztregister gestrichen. Nicht dass das ein großer Trost für mich ist, wenn ich in der Zwischenzeit begraben worden bin.

Der Totenschein ist mit dem Einverständnis meines Vaters ausgestellt worden. Damit ist es zu Ende mit mir. Und es verleiht dem '*giving away*', das Väter mit ihren Töchtern tun sollen, eine ganz neue Dimension. So war mein Vater schon immer - obrigkeitshörig. Es fiel ihm leichter, dem Doktor zu glauben als mir.

- Ich bin nicht tot, Papa.

- Still, Ennyd, der Doktor weiß es am besten...

Das wäre seine Antwort, jede Wette.

"Heben Sie den auf für morgen früh, Mr. Thomas wird ihn brauchen", sagte der Doktor und überreichte ihm den Totenschein. Niemand sagte, was morgen früh passieren würde, oder erklärte, wer um alles in der Welt Mr. Thomas war.

Ich sah Doktor Williams mit allem Hass an, den ich zur Verfügung hatte. Er zog seinen Mantel an, und Papa half ihm, in die Ärmel zu schlüpfen. Es sah genauso aus, als würde er einem Henker helfen, sich vor seiner Arbeit anzuziehen. Die Pfeife scheint meinen Blick bemerkt zu haben und wollte das letzte Wort haben.

"Sie können ihr die Augen schließen, wenn ich weg bin."

"Vielen Dank, Herr Doktor", sagte Mama... Vielen herzlichen Dank, Herr Doktor. Entschuldigung, dass wir Ihnen das Neujahr verdorben haben.

Aber wenigstens hat er mir was dagelassen. Ich hatte eine Todesbescheinigung gekriegt. Ich war zeit meines Lebens nie eine große Verfechterin von Formularen. Ich hab unermüdlich gegen sie gekämpft, mit viel mehr Überzeugung als für walisischsprachige Formulare. Giaff und ich waren zu dem Schluss gekommen, dass die meisten Formulare auf Englisch sein sollten. Man brauchte Bürokratie nicht ins Walisische zu übersetzen. Jedes Formular, das nicht absolut notwendig war, konnte ebenso gut in der Sprache des Kapitalismus bleiben, der Sprache, die nicht übersetzte, weil sie alle unterdrückte.

Ich hatte während meines Lebens nicht viele Bescheinigungen bekommen. Sie neigten dazu, mir aus dem Weg zu gehen. Ich hielt ohnehin nicht viel von ihnen. Wenn Leute kein anderes Mittel hatten, um die Anstrengungen anderer zu belohnen, dann war es die Mühe nicht wert. Ich hatte eine Bescheinigung an der Wand hängen, *'Certificate of Failure to Pass a Driving Test'*, und ich hatte immer gedacht, dass das das unnützeste Stück Papier auf der Welt wäre. Jetzt hatte ich ein noch besseres. Eine Bescheinigung, die unbestreitbar nachweist, dass ich tot bin. Als würde jemand in kommenden Jahren versuchen, das Gegenteil zu beweisen. Ich glaub, das war's, was mich an der britischen Gesellschaftsordnung am meisten erboste. Sie hatten die

Gabe perfektioniert, detaillierte Verkehrsregeln zu schreiben und Gesetze, wohin Hunde zu scheißen hatten. Sie hatten bessere Verfahren als jedes andere Land auf der Welt (außer Amerika), um Daten über Leute zu archivieren, unnütze Statistiken zu erstellen und Bescheinigungen akkurat auszufüllen. Aber wenn man wirklich wichtige Dinge über den Sinn des Lebens und die Bedeutung der Ewigkeit wissen wollte, würden sie einen verständnislos angucken. Wahrscheinlich gäben sie einem das Faltblatt 3256B der Regierung über Drogenmissbrauch.

Sterben - das ist etwas, wovon man annehmen sollte, dass sie genügend Einfühlungsvermögen hätten, es in Ruhe zu lassen, eine Sache, die über Bescheinigungen steht. Ob sie einen wohl zur Erde zurückschicken, wenn man ohne im Himmel ankommt?

"Ennyd, Ennyd, Ennyd..."

Das ist die Stimme von Mama, und ich liege immer noch auf dem Bett, und nichts hat sich verändert. Mama sitzt auf dem Stuhl neben dem Bett und streichelt meinen Kopf. Es ist so gar keine alltägliche Berührung, vielleicht bin ich ja immer noch in dem Traum. Oder es ist so viel Zeit vergangen, seit Mama mich gestreichelt hat, dass es wie eine völlig fremde Erfahrung wirkt. Jedenfalls war etwas komisch daran.

"Ennyd, vergib mir", sagte sie, so leise, dass ich mich fragte, ob ich es hören sollte. Das brachte mich völlig aus dem Gleichgewicht. Ich musste wirklich tot sein, wenn sie das zu mir sagte. Was sollte ich ihr zu verzeihen haben? Wie um Himmels willen kam sie dazu, so was zu sagen? Sie, das seiner Sache so sichere, unfehlbare Wesen, und mich um Verzeihung bitten? Ich horchte aufmerksam, denn ich erwartete, dass dem eine bedeutsame Geschichte folgen würde, aber es kam keine. Sie sprach danach kein Wort mehr. Vielleicht hat sie's ja bereut und sich auf die Zunge gebissen. Es musste etwas zu verzeihen geben. Also hatte nicht nur ich das Gefühl, zwischen uns sei eine Mauer. Wir sind uns nie nah gewesen, mein Vater war mir sehr viel lieber, und ich hab dafür gesorgt, dass sie das wusste. Aber sie hat nie zuvor die leiseste Andeutung gemacht, dass irgend jemand anders als ich an der Fremdheit zwischen schuld wäre. Mir war danach, vor jäher Wut zu kochen, aber das war schwer mit kaltem Blut in den Adern. Die Wut schwelte nur in mir vor sich hin. Sie war im Kopf, nicht im Herzen.

"Ich werd dir jetzt die Augen schließen, Ennyd", waren ihre letzten Worte an mich.

Nein! Nicht! Um alles in der Welt, tu nicht so was! Ich kann immer noch sehen! Es wäre so, als würdest du das Kerkerfenster eines Häftlings verdunkeln, der seinen letzten Tag vor sich hat. Das ist meine stärkste Verbindung zur Welt! Such dir irgendeine andere Methode aus, mich zu quälen! Mir fiel die traurige Geschichte von den Prinzen im Turm[21] ein, und wie jemand ihnen die Augen ausbrennen musste. Genau so fühlte ich mich in diesem Augenblick. Du könntest ebenso gut meine beiden Augen mit einem heißen Schürhaken ausbrennen. Mama, nicht, Mama... Ich flehe dich an... Aber ich konnte nicht mit ihr kommunizieren. Ich konnte meine Hände nicht gebrauchen, um sie mir vor's Gesicht zu halten, nicht meine Arme, um sie wegzustoßen, nicht meine Stimme, um zu schreien, bis sie taub würde, nicht meine Beine, um wegzulaufen. Sie beugte sich über mich und war im Begriff, mir mein Augenlicht wegzunehmen. Ich musste mir schnell eine List ausdenken, um sie daran zu hindern...

Tränen! Wenn ich die letzte Träne aus dem Brunnen meiner Traurigkeit heraufholen könnte, vielleicht wäre das genug, um sie zum Umdenken zu bewegen. Aber wie sollte ich das machen? Wie sollte ich an den letzten Tropfen kommen, der so tief unten in meinem trockenen Herzen war?

Denk an was Trauriges, Ennyd, denk an das Traurigste auf der Welt. Mach dir bewusst, dass du mausetot bist, und dass du in alle Ewigkeit nie wieder lebendig sein kannst.

Keine Reaktion.

Denk an was Furchtbares, Schreckliches - eine Katastrophe, ein Massaker, einen Schiffbruch, ein Erdbeben, eine Überschwemmung, einen teuflischen Orkan. Stell dir vor, wie dein Zuhause weggeweht wird und du für den Rest deiner Tage mit leeren Händen und nackten Füßen in der Wüste umherirren musst...

Es nützte nichts.

Denk an was Persönlicheres, hungernde kleine Kinder mit Beinen wie Stecken, Frauen, die von ihren Männern erbarmungslos geschlagen werden, alte Frauen, die vergewaltigt werden, Babys, die ermordet werden, jammervolle Augen, die um Hilfe flehen... Komm schon! Der Planet geht unter, Tiere sterben aus, Generationen werden ausgelöscht, Sprachen verschwinden - Leiden, Epidemien und Krieg. Ich versuchte, mir jedes grauenvolle Bild ins Gedächtnis zu rufen, jeden Ausdruck von Hass, den ich je gespürt hatte, jedes nachtragende Wort, jede Angst, die mich schaudern gemacht hatte.

Nichts. Der See meines Mitleids musste ausgetrocknet sein.

Streng dich noch mehr an. Traurige Musik, schwermütige Melodien, verpasste Chancen, die Verdammnis Satans, Freunde, die sich abwenden, Familien, die auseinander fallen, Eltern, die vergessen, Lieblosigkeit...

Ich sah das Gesicht meiner Mutter und stellte mir plötzlich vor, dass mein Tod gar keine so große Katastrophe war. Ich war es, die überreagierte. Sie war traurig, ja, aber sie war nicht verrückt vor Schmerz. Es war nichts, worüber sie nicht hinwegkommen konnte. Eins ihrer Kinder war gestorben, das war alles. Eine Tochter, die sie leider nie so leidenschaftlich hatte lieben können... Sie war ihr eine gute Mutter gewesen, und mehr nicht. Sein ganzes Leben lang hatte dieses Kind nie starke Gefühle in ihr geweckt, außer Angst. Sie hatte sich bemüht, ihre mangelnde Zuneigung zu verbergen, aber das Mädchen verfügte über einen höheren Sinn, der in ihr Herz eindringen konnte. Ja, sie hatte tatsächlich Angst vor ihr. Auch jetzt, sogar in dieser Stunde der Not, wo ihre Tochter so grauenhaft plötzlich gestorben war, löste der Verlust keinen so heftigen Schmerz aus, wie er sollte. Wenn es eine andere wäre...

Ich konnte mir keinen traurigeren Gedanken vorstellen als den, und ich erlaubte mir nicht, zu überlegen, wie viel Wahres daran war.

Es funktionierte jedenfalls.

Unvermittelt wurde etwas aus mir herausgedrückt, und es trat Feuchtigkeit in meine Augen.

Langsam entschlüpfte *die letzte Träne*, wobei sie mich an der Nase kitzelte.

Meine Mutter sah mich erschrocken an. Sie richtete sich auf und entfernte sich ein bisschen. Mit einem verwirrten Ausdruck auf dem Gesicht fasste sie mein Handgelenk, erkannte aber die Vergeblichkeit ihrer Handlung. Aber wenigstens hat sie mir nicht die Augen geschlossen.

Sie saß die ganze Nacht über neben mir. Sie fasste mich nicht noch mal an, und sie sagte kein Wort. Sie las keinen Bibelvers vor und sang kein Lied. So war es unser beider Leben lang, wir waren in verschiedenen Welten. Diese ganze lange Nacht hatte ich nicht die leiseste Ahnung, was in ihrem Kopf vorging.

* * *

Danach war es eine ereignislose Nacht. Ich stellte mir Her vor, wie sie mich mit großen Augen ansehen würde, wenn sie mich so was sagen hörte.

'Findest du nicht, dass dir schon mehr als genug passiert ist innerhalb von einer Nacht, du dumme Gans?' hätte sie gesagt.

Ja, wahrscheinlich, es kommt nicht so oft vor, dass jemand in ein und derselben Nacht sich für eine Wanderung auf die Wyddfa fertig macht, einen Herzinfarkt bekommt, stirbt, mitten in der Nacht zum Elternhaus kutschiert wird und einen Besuch vom Arzt bekommt. Und das große Unglück. Ich wollte das eigentlich nicht erzählen, aber ich hab jetzt ja nichts mehr zu verlieren. Her würde sich tot lachen über mich. Giaff würde mitfühlen. Ich hab's doch wirklich fertig gebracht, mich vollzuscheißen, allen Ernstes. Ich roch zuerst einen grauenhaften Gestank, den nicht mal meine Nase ignorieren konnte, und dann spürte ich eine unangenehme Feuchte um mich herum. Das war der Moment, wo ich am inständigsten hoffte, dass das alles ein Traum war.

Aber Mama muss es auch gerochen haben, denn sie wurde ganz hektisch, und sie machte nicht den Versuch, einen langen Seufzer zu unterdrücken. Verdammt. Keiner hat von so was gesprochen, weder im wirklichen Leben noch in Büchern. In jeder anderen Beschreibung vom Tod, die ich gelesen hatte, entschlummerten die Leute still in ihren Betten oder flüsterten große Wahrheiten, die Familie und Zeitgenossen noch jahrelang zitierten. Ich kann mich nicht mal erinnern, was meine letzten Worte waren - ein Fluch wahrscheinlich, als diese Thermoskanne kaputtgegangen ist. In Filmen waren die Gesichter der Toten romantisch bleich und ihre Bettlaken einfarbig marmorn. Kein Mensch sprach von *der letzten Scheiße in dieser Welt*. Mama zog das Bett ab, und ich betete, dass ich nicht eine von ihren besten Überwürfen ruiniert hatte. Sie hätten mir Windeln anziehen sollen oder mich anständig zwischen die Laken legen.

Mit einem zweiten tiefen Seufzer trug Mama ein einziges stinkendes Bündel von Bettüberwurf aus dem Zimmer. Wie ich mein Glück kenne, war es bestimmt ein Quilt, den irgendeine Ururgroßmutter vor Urzeiten genäht hatte. Sie kam zurück mit einer Schüssel heißem Wasser und wusch meinen Po, und das fühlte sich gut an. Es roch nach feiner Seife gemischt mit Desinfektionsmittel. Für einen Moment tat mir Mama leid. Das hatte sie für mich gemacht, als ich ein Baby war, und jetzt musste sie dasselbe wieder tun, wo ich tot war. Es stimmt, was man vom Opfer der Mutter sagt. Wenn das kein Opfer ist, weiß ich nicht, was. Ich würde's für niemanden tun. Und es ist noch ein größeres Opfer, weil niemand drüber spricht.

Ironischerweise hab ich den Tagesanbruch schließlich doch gesehen. Wahrscheinlich war ich die einzige von unserer Clique, die ihn gesehen hat. Nicht vom Gipfel der Wyddfa mit einer Schar von Freunden, sondern platt wie ein Pfannkuchen auf dem Bett und tot. Klasse Art, das neue Jahrtausend anzufangen. Es war auch gar kein so supertoller Sonnenaufgang. Eigentlich war überhaupt nichts Außergewöhnliches daran. Ob ich wohl die Möglichkeit hatte, einen Preis zu kriegen dafür, dass ich in der Neujahrsnacht gestorben war, so wie Babys in die Zeitung kommen, weil sie um diese Zeit geboren wurden? War ich so einzigartig? Oder waren eher eine Myriade von anderen Seelen um Mitternacht auf der Schwelle zum neuen Jahrtausend gestorben? Waren sie wie ich sich ihrer Situation mehr oder weniger bewusst? Wo waren sie? Wann würden wir uns treffen? Ich bekam unbändige Lust, zu einer von ihnen Kontakt aufzunehmen.

Dieser war der erste Morgen in meinem Leben, an dem ich nicht aufwachte - aus dem einfachen Grund, dass ich gar nicht eingeschlafen war. Oder ich hatte die ganze Nacht mit offenen Augen geschlafen. Für den Fall, dass die Ereignisse der vergangenen Nacht zu irreal erschienen, lag da eine säuberliche Urkunde neben meinem Kissen, die mir bescheinigte, dass ich offiziell tot war. Mama saß nicht mehr auf dem Stuhl, und in den Tiefen des Hauses war das Gegrummel einer Waschmaschine zu hören. (Mein Gott, also war auch dieser Teil der Geschichte wahr...) Mir wurde klar, dass es heute morgen kein Aufstehen, kein Zähneputzen und kein Anziehen geben würde. Dieses Ritual würde nie wieder stattfinden. Hoffentlich waren meine Gedärme jetzt vollkommen leer.

Ich vertrieb mir eine Weile die Zeit damit, mir vorzustellen, wie der Rest der Clique auf die Neuigkeiten über mich reagiert hatte. Die taten mir am meisten leid. Ich war nicht da, um sie zu trösten. Sie hatten nur kurz nach Mitternacht eine unglaubliche Nachricht am Telephon gekriegt, und dann eine große, einsame, schwarze Nacht, die ihnen in ihrer Trauer Gesellschaft leistete. Sie wussten nicht das Geringste über den Tod - genauso wenig wie ich.

Erst jetzt - wo es offensichtlich zu spät war - bemerkte ich, wie sehr wir im Hintertreffen waren. Irgendwo war da ein großer Fehler. Über *Sex* Informationen zu kriegen, war schon verzwickt genug, aber mit *Sterben* war's tausendmal schlimmer. Und *Sex* war nicht absolut obligatorisch, aber *Sterben* schon. Warum unterrichteten sie darüber nicht in der Schule? Warum gab es keine Lehrfilme, keine Besuche von Leichenbestattern und Aufklärungsplakate? Sie konnten das mit Alkohol und Drogen... Rauchen tötet... Drogen sind tödlich... Aber uns war das scheißegal, weil wir nicht wussten, was Sterben ist. Es war eine völlig bedeutungslose Drohung. Für viele junge Leute war der *Tod* die *letzte Station*, wo viele ihrer Helden tragisch früh hingingen, er war ein Ziel, auf das man hinarbeitete.

Für andere existierte der *Tod* nicht. Nicht als greifbare Vorstellung. Er war etwas, das im Fernsehn und auf Videos passierte. Eine ekelhafte

Krankheit, die Kinder in der Dritten Welt traf, oder etwas, das Katzen und Igel in Matsch auf der Straße verwandelte. Es war kein schönes Thema, deshalb sprachen wir nicht darüber. Die netten, zivilisierten Leute der westlichen Welt sprachen das Wort nicht aus, und wir kehrten es unter den Teppich. Lieber Himmel, in einer *Kultur der ewigen Jugend* wie unserer war eine Vorstellung wie *Sterben* Ketzerei! Wenn es real wäre, wäre alles sinnlos - das Fitnesstraining, die Plastik-Transplantationen, das Öl, das die Falten fernhalten soll, die Farbe, die Haare daran hindern soll, grau zu werden, die Werbe-Industrie, Models wie Göttinnen, Rock 'n' Roll, schnelle Autos, Illustrierte, Make-up... um diese Achse drehte sich die Welt. Diese Dinge, die wir alle taten, würden auf einmal *absurd*. Wir würden den ganzen Sinn unseres Daseins verlieren.

Wenn man das alles bedachte, konnte ich ganz gut verstehen, warum niemand vom Sterben sprach, nicht einmal das Wort aussprach, wenn es sich vermeiden ließ. Man konnte andere Wörter finden, wenn es nötig war, aber die wurden in einen solchen Wust von Aberglauben und Anspielungen gehüllt, dass kein Mensch auch nur die leiseste Ahnung hatte, was gemeint war. Aber für jemand in meiner Situation, mir brannte es auf den Nägeln, es mit jemand zu besprechen. Alle Verlockungen der Welt waren nichtig geworden und hatten ihre Anziehungskraft verloren. Ich wollte alles wissen, was man wissen konnte, über die Sache mit dem *Sterben*. Ich war wie eine Jungfrau, die in ein Bordell gesteckt worden war und gleich dem ersten Kunden gegenüberstehen würde...

Plötzlich, während ich mir noch über all diese Gedanken den Kopf zerbrach, stieg mir der Geruch von getoastetem Brot in die Nase, und ui, das roch gut. Er erinnerte mich daran, wie ich an Bäckereien vorbeigegangen war, wie Oma Teig knetete, wie frisches Brot in Papier gewickelt wurde, wie ich einen Laib Brot unter dem Arm nach Hause trug, der noch warm war... Der Duft dieses morgendlichen Brots machte mir keinen Appetit, nur eine unbändige Lust, meine Zähne in ein Stück warmen Toast zu schlagen und die flüssige, salzige Butter mein Kinn hinunterlaufen zu spüren. Dazu eine schöne Tasse schwarzen Kaffee, und ich wäre bereit, den Tag in Angriff zu nehmen. Ich versuchte, den Gedanken, dass ich nie wieder essen würde, ganz weit von mir zu schieben.

Durch das Fenster des Schlafzimmers sah ich nichts als graue Luft. Wie viel Schnee draußen wohl lag? Ich versuchte, an heitere Bilder zu denken. Wie Hawys mit ihrer Mutter und ihren Geschwistern Hand in Hand lief. Wie Hawys zum ersten Mal im Schnee herumrannte und ihn anfasste. Wie sie seine Kälte auf ihrer Handfläche spürte, bis es weh tat, und ihn dann in den Mund steckte und seine Fremdheit kostete. Für Hawys war alles so neu.

Gerade als ich anfing, mich an die große Ruhe des Zimmers zum Garten zu gewöhnen, betrat ein wildfremder Mann das Zimmer, und noch ein Mann folgte ihm. Ich hatte sie noch nie im Leben gesehen.

"Das ist sie", sagte Papa. (Warum - zu wieviel waren wir in dem Zimmer?)

"Eine hübsche Frau", sagte der Mann, und in der Tat war er selber alles Andere als hässlich.

Mir kam ein verrückter Gedanke: Papa hatte mir niemals einen Ehemann besorgt. Würde er so was machen? Sie legten so viel Wert auf den Brauch, dass sie es vielleicht für eine Sünde hielten, wenn ich diese Welt verließe, ohne einen Ring am Finger zu haben, "Mrs" vor meinem Namen und einen Mann als Besitzer. Wenn ich mir die absurden Geschehnisse der letzten Stunden betrachtete, würde es mich kein bisschen überraschen.

Es war ein ziemlich breiter Mann mit einem Mopp von schwarzen Haaren und traurigen Augen. Aber nicht das fing meinen Blick, sondern sein verständiger Mund. Seine Hände waren fest, und er schien ein starker, großer Mann zu sein... Er kam näher an das Bett...

"Sie haben ihr noch nicht die Augen geschlossen?"

"Nein, Mr. Thomas... Äh, meine Frau scheint Schwierigkeiten zu haben....zu akzeptieren..."

"Lassen Sie's gut sein." Er sah mich noch mal lange an, bevor er zu sprechen begann. "Man kann sich ein Stückweit damit abfinden, wenn ein alter Mensch stirbt, nicht wahr? Aber wenn es so junge Dinger trifft... Wie alt war die Kleine?"

Seit zwanzig Jahren hatte mich niemand "Kleine" genannt.

"Neununddreißig."

"Keine Kinder?"

"Sie war nicht verheiratet."

Vielleicht war er ja ein Verwandter von mir - ein entfernter Verwandter, der offensichtlich den Kontakt zur Familie verloren hatte. Nein, das machte auch keinen Sinn. Ich hatte die Idee von der arrangierten Heirat aufgegeben.

"Einen Herzinfarkt hatte Sie, sagen Sie?"

"Ja - gestern um Mitternacht."

"Was Sie nicht sagen - genau um Mitternacht?"

"Ja. Warum fragen Sie?"

"Kennen Sie nicht den alten Volksglauben?"

"Was für einen?"

"*Die Toten des Millenniums...*"

"Nie gehört - wie geht die Geschichte?"

Der Mann hob den Kopf und sah zum Fenster.

"Bloß dass sie sehr besondere Leute seien - wenn sie auf der Schwelle zu einem neuen Jahrtausend gestorben sind. Naja, es ist was Besonderes, auf der Schwelle zu einem neuen Jahrhundert zu sterben, aber der Jahrtausendwechsel macht sie hundertmal außergewöhnlicher."

Das interessierte mich sehr. Ich hätte mich aufgesetzt, wenn ich hätte können.

"In welcher Weise?"

"Es geht die Sage, das sie über übernatürliche Kräfte verfügen."

"Was haben tote Leute davon?"

"Die Trennung ist nicht vollkommen. Sie können gleichsam Erinnerungen an die alte Welt festhalten."

Mein Vater sah in meine Richtung. Er sagte sehr lange nichts.

"Heißt das, es kann sein, dass ich noch was für sie bedeute?"

Die matte Hoffnung in seiner Stimme war ein Alptraum für mich. Und er zögerte noch mehr mit der zweiten Frage: "Leidet sie denn?"

"Leiden?"

"Können Sie sich eine schlimmere Qual vorstellen, als diese Welt verlassen zu haben, aber voller Erinnerungen zu sein?"

"Dem kann ich jetzt nicht folgen. Aber es gibt noch einen Volksglauben... dass diese Leute eine zweite Chance bekommen..."

Mein Vater sah ihn aufgeregt an.

"Was bedeutet das?"

"Sie bekommen die Chance, aufzuhören zu bereuen. Es ist, als würde Gottes Erbarmen sich ausweiten."

"Glauben Sie so was?"

Der Fremde sah meinem Vater in die Augen. "Wer bin ich, dass ich die Weisheit der Zeiten in Zweifel ziehen könnte?", fragte er, und das brachte die Fragen meines Vaters zum Schweigen.

Ich glaube, das war der Punkt, wo ich seinem Zauber erlag.

"Kann ich etwas tun?", fragte Papa, der dachte, sie sollten lieber zur Erde zurückkehren.

"Nein - sie können uns jetzt allein lassen, vielen Dank. Eic wird nach dem Messen runtergehen, und dann werd ich mich um das Waschen und so kümmern."

Ich kam zu dem Schluss, dass er wohl ein Spezialist für die Reinigung von Bettüberwürfen war. Ich war gerade damit beschäftigt, darüber nachzudenken, was *Erbarmen* sei, als der Mann ein Maßband aus der Tasche zog und begann, mich zu messen statt das Bett.

"Fünf fünf", sagte Eic. "Das wird gut passen, ne?"

"Welche Sorte wollten sie haben?"

"Die schönste, die wir haben. *Full trimmings.*"

"Ist der eine, den wir haben, schon fertig?"

"Der ist fünf sechs, das passt. Das beste Holz."

Ich erkannte endlich, dass sie nicht von einem Bettüberwurf sprachen.

"Sie machten nicht den Eindruck, als würden sie sich über den Preis Gedanken machen."

Haben sie nie. Das einzige, was ihnen Sorgen machte, war, wie sie sich von ihrem Geld trennen sollten. Was machte es für einen Sinn, jetzt anzufangen, es für mich auszugeben?

"Ich geh dann mal, Gwydion."

"Alles klar... Eic! Was hat die Mutter über den Ring gesagt?"

"Ausziehen."

"Okay."

Vielleicht war das das Letzte, das meine Mutter tat, um's sich mit mir zu verderben. Bis dahin hätte ich ihr vielleicht verzeihen können, aber danach nicht mehr. Dieser Ring war das einzige Ding, an dem ich wirklich hing. Esra hat ihn mir in Prag gekauft, und Mama war empört, dass ich darauf bestand, ihn am linken Ringfinger zu tragen. Ich nehm an, ich hab das gemacht, um sie zu provozieren. Vielleicht tat ich ihr unrecht - vielleicht wollte sie wirklich etwas zur Erinnerung an mich. Wohl kaum, und überhaupt, gäbe es außer dem Ring nicht was weniger Persönliches, um die Erinnerung an mich am Leben zu erhalten?

Gwydion[22] hieß also der Zauberer. Er steckte seinen Zauberstab, der wie ein Maßband aussah, ein und ging aus dem Zimmer. Ich kannte niemand sonst mit diesem Namen. Er kam zurück mit einer Schüssel heißem Wasser und einem Handtuch. Dann kam er zu mir. Es war, als wollte er versuchen, meine Arme zu heben, und anfangs dachte ich, er wollte mir aufstehen helfen. Dann wurde mir klar, dass er mich auszog. Wenn noch warmes Blut in mir geflossen wäre, wär mir ganz heiß geworden, und ich wäre rot geworden bis an die Haarwurzeln. Er zog mich nicht mit der Leidenschaft eines entflammten Mannes aus, sondern ganz, ganz langsam, und das erregte mich noch mehr. Nie zuvor hatte mich jemand so ausgezogen.

Er musste ein magisches Wesen sein. Wie sonst hätten meine Eltern einem fremden Mann erlaubt, ins Haus zu kommen, und ihn mit mir in einem Schlafzimmer allein gelassen? Ein Zauberer musste ziemliche Kräfte haben, um das zu schaffen. Vielleicht war das die Erklärung, wo er all die Jahre gewesen war, er hatte irgendwelche dummen Leistungen und Heldentaten vollbracht, die mein Vater ihm auferlegt hatte, um die Hand seiner Tochter zu gewinnen. Und nachdem er Jahre damit zugebracht hatte, Eber zu jagen, Bergkämme zu entdecken, Berge zu besteigen, Haar zu spinnen, Sandkörner zu zählen und das Meer auszumessen, kam er ins Haus seiner Geliebten, bekam den Segen der Eltern, stieg die Treppe zum Schlafzimmer hinauf, öffnete die Tür und fand das Objekt seiner Liebe tot auf dem Bett.

Wenn das keine Enttäuschung war.

Gwydion sah mich voller Verwunderung an, und ich war jetzt nackt. Ich beschloss, das Erlebnis aufs Höchste zu genießen, denn dies war aller Wahrscheinlichkeit nach das letzte Mal, dass ich mit einem Mann zusammen war. Er nahm das Tuch, machte es nass, und sehr zärtlich wusch er meine Brüste. Er schien Angst zu haben, mich zu berühren, als wäre ich ein zerbrechliches Spielzeug, das in seinen Armen zerspringen könnte. Er wusch mich tausendmal, die Schultern, den

Hals, die Brüste, den Bauch, die Oberschenkel, die Beine und die Füße. Er wusch meine Arme und meine Achselhöhlen und meine Schamgegend. Er drehte mich um und wusch meinen Rücken. Er wusch mich so liebevoll, dass ich nicht wollte, dass er jemals aufhörte. Er wusch mich gründlicher, als ich mich je selbst gewaschen hatte. Er wusch mich, als wäre ich die heiligste Reliquie der ganzen Schöpfung. Er wusch mich mit heiliger Ehrfurcht. Wenn er mich mit Milch und Honig gewaschen hätte und wertvolle Myrrhe über mich ausgegossen hätte, hätte mich das nicht mehr erregen können. Er trocknete mich mit der gleichen Sorgfalt und der gleichen Zärtlichkeit ab. Dann nahm er einen Kamm und kämmte mein Haar. Das war schön. Er ließ mich mich wieder als Frau fühlen, in den besten Jahren. Er legte seine Hände um mein Gesicht und sah mich lange an. Das einzige, das ich gebraucht hätte, um das Erlebnis perfekt zu machen, war ein Kuss. Ein leichter Kuss, von dem niemand wüsste. Ich bekam ihn nicht.

Er zog mir ein Totenhemd an und vergewisserte sich, dass der Stoff richtig lag und dass meine beiden Arme schön parallel lagen. Was mir durch den Kopf ging, war ein Mann desselben Namens, der auf die Felder hinausging und die Blüten von Eichen und Ginster nahm, um die schönste Jungfrau zu machen, die je ein Mensch gesehen hatte. Gwydion, der Geschichten erzählte, Gwydion, der Leute in Tiere verwandelte, Gwydion, der Sohn von Dôn, der Pryderi bei Felen Rhyd tötet. Ob er nicht noch einen Zauber vollbringen konnte und meinem Köper neues Leben einhauchen? War es nicht Verschwendung, einen so schönen Körper zu begraben? Es wäre eine sehr Kleinigkeit für ihn, das Pendel des Herzens wieder anzustoßen. Lieber Himmel, wenn sein Zauberstab Lleu die Gestalt eines Menschen geben konnte, nachdem er ein Adler gewesen war, konnte ihn mein Ansinnen nicht überfordern. Vielleicht hätte ein einziger Kuss gereicht... Aber ich muss zugeben, als er mir das Totenhemd anzog, war das kein hofffnungsvolles Zeichen.

Der Zauber verschwand ganz plötzlich, als er mir mit Hilfe von Spülmittel den Ring vom Finger streifte. Als kleines Mädchen hatte ich mir oft vorgestellt, wer der Mann sein würde, der in einer magischen Zeremonie meine Hand ergreifen und mir einen goldenen Ring an den Finger stecken würde und Liebe versprechen würde, die nie vergine.

Jetzt vollzog ein Mann den Ritus verkehrt herum, und indem ich diesen kleinen Ring verlor, verlor ich ein Stückchen von meiner Identität.

Ich bedeutete ihm nichts. Ich war nichts als eine Leiche von vielen für ihn. Noch eine Leiche, die gewaschen und ordentlich verpackt werden musste für die Reise in die Ewigkeit. Wenn Gwydion Thomas an diesem Punkt gegangen wäre, hätte er mich mit der erotischsten Erinnerung meines Lebens (oder meines Todes) zurückgelassen. Leider hat er alles verdorben.

Zuvor hatte er mich fühlen lassen, dass ich die schönste Frau auf der Welt wäre, dass niemand so eine Haut wie ich und solche Augen wie ich hätte. Dass ich die Antwort auf seine kühnsten Träume wäre. Ich blendete ihn mit der Schönheit meines Körpers. Ganz plötzlich holte er aus seinem kleinen Koffer voller Tricks Puder und einen Pinsel. Sehr sanft tat er Puder auf den Pinsel und strich damit vorsichtig über die Haut meines Gesichts, danach machte er dasselbe mit meinen Handrücken. Ich glaube, das war die größte Beleidigung, die ich je gespürt hab. Er hätte mich genauso gut vergewaltigen können. Mit einer leichten Berührung mit einem Pinsel hatte er aufgedeckt, wie hässlich ich war. Schlimmer noch, er tat das nicht, um mir eine Freude zu machen, er tat es, um es andern leichter zu machen, mich anzusehen. Dann nahm er ein Döschen mit Rouge und malte das auf beide Wangen. Es war schwer genug, dem Grab und dem, was danach kam, gegenüberzustehen, wie ich war. Ihm gegenüberstehen zu müssen und dabei auszusehen wie eine Mischung aus Nutte und Clown, war eine Schande, die ich nicht ertragen konnte. Hatte die Geschmacklosigkeit dieser Welt keine Grenzen? Ich begann trockene, unsichtbare Tränen zu weinen. Mr. Thomas ahnte nichts davon.

2. Januar

In der zweiten Nacht leistete mein Vater mir die ganzen Stunden der Dunkelheit Gesellschaft. Er saß lange am Fenster und sah in die Nacht hinaus. Ich wollte ihn fragen, ob es immer noch schneie, ob jetzt alles völlig schneebedeckt war. Papa hatte mir zum ersten Mal gezeigt, wie schön es war, zu beobachten, wie der Schnee fiel. Eine meiner frühesten Erinnerungen ist, wie ich mit ihm zusammen am Fenster saß und die endlose Bewegung der Schneeflocken uns beide hypnotisierte.

"Sind die lebendig, Papa?"

"Nicht ganz, Ennyd." Und er gab sich große Mühe, mir zu erklären, wie jede Flocke ihre einzigartige Form hatte. Aber ich folgte nicht seiner Argumentation, sondern kam für mich selber zu dem Schluss, dass sie Lebewesen waren. Lebendige, unzählige, schelmische Wesen waren es, die sich verschworen, um alles zu verwandeln und den armen Bewohnern der Erde Streiche zu spielen. Ob Papa sich noch an jene Zeit erinnerte?

Wahrscheinlich ja. Sein großes Problem war zeit meines Lebens, dass er nicht akzeptieren konnte, dass das kleine Mädchen sich verändert hatte. Mir tat das weh, und ich gelangte zu der Überzeugung, dass ich meine Funktion nicht länger erfüllte, als ich erst mal größer als vier Fuß geworden war. Mir wuchsen Brüste und Haare und dergleichen greisenhafte Dinge, und Papas Lieblingsbemerkung war dann, dass ich nicht mehr das Mädchen sei, das ich mal war. Die Kluft zwischen uns wurde größer und größer und schließlich unüberbrückbar. Dyddgu versuchte, uns zueinander zu zerren an Geburtstagen und so, aber wir ertrugen nur die Gegenwart des andern, ohne es irgendwie zu genießen.

Ich erinnere mich, dass er mich mal furchtbar gescholten hat, als ich es zum ersten Mal wagte, mich zu schminken.

"Keine Tochter von mir geht so aus dem Haus", sagte er. "Du siehst aus wie eine aus der Gosse."

Ich war ziemlich unsicher gewesen, bevor er das gesagt hatte, und wenn er mich geschlagen hätte, hätte er mir nicht mehr wehtun können. Ich rannte nach oben in mein Zimmer und wusch das Make-up ab, das ich ein paar Minuten vorher so ängstlich-vorsichtig aufgetragen hatte. Ich hörte nach einer Weile auf, mich zu schminken; ab und zu tat ich's extra, um ihn zu provozieren.

Was dachte er wohl jetzt von mir, wo ich eine Leiche war, zurechtgemacht, um ausgestellt zu werden, gut riechend, zum ersten Mal seit Urzeiten mit ordentlichem Haar, im hübsch gebügelten Totenhemd, mit Puder in attraktivem Rosa auf der Nase und den Wangen?

Zieh mir diese verrückten Kleider aus, wasch dieses Make-up ab, lass mich mir mit den Fingern durch die Haare fahren, um sie wieder angenehm wirr zu machen. Ich werd die Brücke zurück zu dir überqueren, ich werd mich bessern, ich werd dich wieder kennen - wenn du mich nur von diesem Alptraumskarussell rettest.

Aber es war zu spät. Papa hatte den Doktor den Totenschein unterschreiben lassen und glaubte, dass ich ganz tot sei. Er hatte meine Seele verkauft, und ich konnte nichts tun, um sie wiederzukriegen. Fast hätte ich gesagt, dass Schnee auf mich gefallen sei und mich gänzlich bedeckt habe, nach dem zu urteilen, wie viel Aufmerksamkeit er mir schenkte. Es nicht die geringste Spur mehr von mir übrig.

Als Twm Claddu und Eic an diesem Morgen wiederkamen, waren sie leichter als Leichenbestatter zu erkennen. Sie trugen einen Sarg zwischen sich. Dieser verrrückte Film ging also weiter. Ich brauchte ein paar Minuten, um zu kapieren, dass der Sarg für mich war. Ich hatte mir niemals vorgestellt, dass ich so was zu sehen kriegen würde. Es war ein absolut geschmackloser Sarg - aus poliertem Holz und ungefähr ein halbes Dutzend Griffe aus blinkendem Chrom. Ich wollte nicht in so einem hässlichen Ding begraben werden. Und sowieso wollte ich nicht begraben werden, Punktum. Aber seit ich gestorben war, war mir der freie Wille abhanden gekomen, und ich konnte nichts tun, um mein Schicksal aufzuhalten.

Eic stellte sich an meinen Füßen auf und der andere an meinem Kopf, und sie hoben mich langsam hoch und legten mich in den Sarg. Es war, wie in einem Kanu zu liegen. Ich war erstaunt, dass darin eine Decke aus Plastik war, und das mickrige Kissen war wie mit Zeitungspapier ausgestopft. Anscheinend sollten die Dinger nicht bequem sein, aber ich hätte gern ein bisschen mehr Komfort gehabt. Sie hätten mehr für die Innenausstattung ausgeben können und weniger Firlefanz außenrum.

"Hast du den Volant, Eic?"

"Hier."

Das darf nicht wahr sein! Es kam eine große Rolle weißer, verzierter Stoff zum Vorschein, und die beiden machten sich daran, den am Rand des Sargs festzunageln wie ein Volant in einem Kinderwagen. Es müsste ein Gesetz geben gegen eine derartige Schamlosigkeit. Ich fühlte mich eher, als würde ich für Karneval zurechtgemacht als für meine eigene Beerdigung.

"Nimm du das Ende dort, Eic", und ich fühlte, wie ich getragen wurde.

"Alles klar; pass auf an der Tür, sonst machen wir Kratzer in die Farbe..."

Und das war dann meine erste Fahrt in einem Sarg. Wie konnte man so was ernst nehmen? Es war gerade so, als spielte ich die Hauptrolle auf einem schwarzen, geschmacklosen Kostümfest. Als wir die Treppe runter waren, freute ich mich darauf, nach draußen zu kommen, aber Eic bog in Richtung gute Stube ab und platzierte mich auf zwei Reihen von Stühlen. Die Posse begann ernst auszusehen, als ich mich mit dem Deckel des Sargs konfrontiert sah. Auf einem blinkenden Schild las ich meinen Namen:

ENNYD FACH

1960-1999

Schade, dass ich nicht einen Moment länger gelebt hab. Das Jahr 2000 hätte gut ausgesehen - als hätte ich ein längeres Leben gehabt. Ich hab's um Sekunden verpasst. Papa kam rüber.

"Ich fürchte, wir haben eine schlechte Nachricht für Sie", sagte Twm Claddu. "Es können für ein paar Tage keine Begräbnisse stattfinden. Der Boden ist steif gefroren."

Hurra! Das ist die beste Nachricht, die ich seit Langem gehört hab. Keine Beerdigung für's Erste - und ein paar Tage länger oberhalb der Erde...

"Was machen wir denn da?", fragte Papa besorgt.

Was mich angeht, hier drin festsitzen...

"Es kann zwei, drei Tage dauern... Mittwoch oder sogar Donnerstag."

Darf ich denn dann so lang hier raus?

"Macht das keine Schwierigkeiten mit... mit dem Leichnam?"

"Hier kann er nicht bleiben."

'Leichnam' war nicht mal weiblich...

"...Wir nehmen ihn mit in den *Funeral Parlour*."

In die Leichenhalle? Nicht ein Fuß von mir wird da hingehen, und auch kein anderer Teil von meinem Körper.

"Und wie geht das mit der Bescheinigung?"

"So, Sie haben die *'Death'*, nicht? Die müssen Sie dem Standesbeamten geben. Das können Sie heute machen. Die andere ist das *Burial Certif* - das kriegen Sie nach der Beerdigung - ein grünes Formular. Die eine Hälfte davon kriegt der Standesbeamte und die andere Hälfte der Friedhofssekretär - das heißt, nachdem der Pastor es unterschrieben hat..."

Also ich jedenfalls blickte da nicht durch...

"Jetzt müssen Sie sich entscheiden, was mit den Blumen passieren soll - und ob Sie eine Anzeige in die Zeitung setzen wollen - und was für einen Gottesdienst Sie wollen..."

Da kriegte ich zu viel. Ich fühlte mich wie ein Fisch auf der Theke der Frittenbude: "Paniert oder nicht?... Mit den Fritten oder separat?... Salz und Essig?... Einpacken?... Eins fünfzig - Danke... Der Nächste?"

Ich war bis dahin echt ziemlich gut drauf gewesen, aber da zersprang etwas in mir. Einer der wichtigsten Abschnitte meines Lebens war zu nichts als einem Stapel zu unterschreibender Formulare und bedeutungslosem Orga-Kram verkommen. Ich hatte Lust, das Ganze abzusagen, so wie Sgadan.

Gottseidank haben sie mich dann allein gelassen. Ich hatte die gute Stube noch nie gemocht. Das war ein völlig überflüssiges Zimmer. Sein einziger Zweck war, überflüssigen Reichtum zur Schau zu stellen, Besucher auf Abstand zu empfangen und Särge aufzubewahren.

Ich starrte den Weihnachtsstern auf der Geschirrkommode an. Das war eine meiner Lieblingspflanzen. Ich war erstaunt, dass so ein vernünftiges Gewächs seinen Weg ins Haus meiner Eltern gefunden hatte. Es wirkte da wie ein unbefugter Eindringling. Es hätte niemals Zutritt bekommen, wenn es nicht eine Weihnachtspflanze wäre und in jeder Illustrierten abgebildet. Da stand es und forderte stolz und unerschrocken die Hilflosigkeit des Zimmers heraus. Mit seinen leuchtenden roten Blättern wie Drachenzungen, kratzbürstig, aufdringlich, wollte es das Zimmer auf den Kopf stellen. Es fühlte mit mir, und es war offensichtlich, dass es an einer wilden Party seine Freude gehaby hätte. Aber auch seine Tage waren gezählt. Ich hätte gern versucht, die Eigenheit dieses Wunders auf einer von meinen Keramiken festzuhalten. Was würde wohl mit all meiner Keramik passieren?

Abgesehen von dem Weihnachtsstern war es sehr trostlos in der guten Stube. Das hier war eh schon ein *Funeral Parlour*. Dass es ungemütlich war und niemand dort sehr lange bleiben wollte, war die Eigenart dieses Zimmers. Man traute sich nicht, zu lang auf den Stühlen sitzen zu bleiben, um nicht den Stoff zu zerknittern. Man traute sich nicht, zu heftig zu atmen, um die Kristall-Sammlung in der Vitrine nicht zu erschüttern. Auf dem Kaminsims standen die Photos von Großvätern und Großmüttern und Verwandten, von denen ich nicht die geringste Ahnung hatte noch mich dafür interessierte, wer sie waren.

Wenn's nach mir ginge, würde ich ein Gesetz zur Abschaffung von guten Stuben erlassen. Giaff hatte sich darüber richtig ereifern können. Falls wir uns jemals auf der richtigen Seite in einer Regierung wiederfinden sollten, nach einer sozialistischen Revolution, hatten wir einen verwegenen Plan. Wir würden ein *Gesetz zur Reorganisation von Eigentum* erlassen (obwohl Giaff darauf bestand, es *Gesetz zur Reform von guten Stuben* zu nennen). Die Idee war, jede gute Stube, die nicht benutzt wurde, zu Staatseigentum zu machen und an Obdachlose zu vermieten. Auf Wunsch der Hauseigentümer würde für die Neuankömmlinge eine Eingangstür zur Straße gemacht, so dass sie die Vorbesitzer nicht zu sehr störten. Seibar hatte keine Verständnis für den Plan und sagte, er sei alt und von 'Doktor Schiwago' entlehnt. Später ging Giaff noch weiter mit der Idee. Er wollte aus jedem Haus die gute Stube buchstäblich herausnehmen und sie woanders hinversetzen. Wenn man das mit den leeren Häusern von Sain Ffagan[23] machen konnte, warum sollte man es nicht zum Nutzen von Menschen tun können? Das wäre tausendmal besser, als die Leute in Ladeneingängen erfrieren zu lassen.

Ich hatte eine bessere Idee. Ich hatte's auf Möbelgeschäfte und Baumärkte abgesehen. Wie oft hatten wir in Geschäften schon Schlaf- und Bade- und Wohnzimmer reproduziert gesehen? Der Zweck davon war, verschiedene Möbel, Sofas oder Betten oder Toiletten, in ihrer natürlichen Umgebung auszustellen. Die Kunden sollten dann die richtige Kombination von Möbeln (und Farbe und Vorhängen, wenn sie dumm genug waren) kaufen und den Effekt bei sich zu Hause nachstellen. Mein Argument war, dass es doch komplette Verschwendung war, diese Zimmer in Schaufenstern und Baumarktsabteilungen zu unterhalten. Warum sollten nicht Obdachlose diese Orte als Unterschlupf benutzen dürfen? Wie viel wirklicher würde ein Bett aussehen, wenn darin jemand selig schliefe. Wie viel bequemer sähe ein Sofa aus, wenn es voller Freunde säße. Giaff war der Ansicht, dass das nicht funktionieren würde, weil niemand die Zimmer schön in Ordnung halten würde und damit die Gepflogenheit ihren Sinn verlieren und die Geschäftsführer sich aufregen würden. Echte Wohnzimmer würden nicht so gut wirken. Was sich verkaufte, war die Idealvorstellung vom perfekten Heim ohne Knitter, ohne Dreck, ohne Menschen.

Wenn Pill dabei war, pflegte der der Diskussion ein Ende zu machen, indem er uns kleinbürgerliches Gelaber vorwarf. Die einzige Lösung sei ein Gesetz, das allen ein richtiges Haus ermöglichte, alle hätten ein Recht darauf. Pill hatte einfach mehr Grips als wir.

Hey, es wird spannend hier - jetzt ist jemand anders angekommen: zwei Männer, und einer von ihnen ist Papa. Mir fiel auf, dass ich meine Mutter schon seit einer Weile nicht zu Gesicht bekommen hatte. Vielleicht war sie der Meinung, ich sei schon begraben. Wer war der andere? Er nahm seinen Hut ab und trat an den Sarg und sah mich an.

"Meine Kleine", sagte er mit einer schrecklich traurigen Stimme.

Mein Gott, das war Moth - oder Herr Pastor Mathew Dingens von Ramoth. Ich hätte diese methodistische Traurigkeit überall erkannt, aber es war ein Schock, sie hier zu sehen. Ich konnte sie mir nicht anders vorstellen als in der Gestalt von Moth. Er hauste in einer trotlosen, feuchten alten Kirche, und fast alle hatten ihn vergessen. Ich hatte längst aufgehört, Ramoth zu besuchen, als er als Pastor hierher kam, aber er wieselte immer noch hoffnungsvoll um mich herum, weil meine Eltern Mitglieder seiner Gemeinde waren.

"Sie haben ihr nicht die Augen geschlossen?"

"Nein - noch nicht."

"Ja... 'Erleuchte meine Augen, damit ich nicht entschlafe und sterbe', sagt das Alte Testament, nicht wahr?"

Was zum Teufel bedeutete das?

Immerhin bin ich ein oder zweimal in seine Kirche gegangen. Die Clique hat öfters gute theologische Diskussionen geführt, entgegen dem verbreiteten Vorwurf, dass niemand unter fünfzig sich dafür interessiere. Wir interessierten uns für Dialektik, bloß dass wir nichts für Theologie mit dem Stempel des Establishments übrig hatten. Bestimmt wären wir zur Zeit der Puritaner leidenschaftliche Religiöse gewesen, oder als die frühen Nonkonformisten rebellierten. Ich hab mich oft auf die Seite des armen Rasmws geschlagen, der immer um eins in der Minderheit war, aber ich hab ihn auch erbarmungslos provoziert.

Einmal wurde ich von der Clique als Spionin losgeschickt, um eine Erhebung über die Situation der Religion heutzutage zu machen, und ich ging in vier nonkonformistische Kirchen hintereinander. Meine Eltern waren zu Tode erschrocken und dachten, dass eine Reformation vor der Tür stehe. Nachdem ich in den vier nonkonformistischen und in der örtlichen anglikanischen Kirche gewesen war, kam ich zu der Ansicht, dass die theologischen Unterschiede zwischen den Konfessionen erschreckend verfallen waren. Um ehrlich zu sein, sagte ich in meinem Bericht, der einzige wirkliche Unterschied zwischen ihnen allen war, dass die Leute von Moreia zu ihrem Tee nach der Kirche Scones reichten. In Ramoth gab's nicht mal eine Tasse Tee. In jeder einzelnen der Kirchen, die ich besuchte, hatte ich das sichere Gefühl, einen exklusiven Club gestört zu haben, der die Traditionen des letzten Jahrhunderts verehrte.

"Genauso wie ein Mitglied des Kirchenvorstands sich fühlen würde, wenn es in einen Rave spazieren würde", sagte Giaff. "Das ist nichts als eine kulturelle Lücke." Wahrscheinlich hat er Recht.

Am enttäuschendsten, sagte ich in meinem Bericht, war die Substanz ihrer Predigten. Fast jedes Mal war's eine Apologie dafür, wie wenige Zuhörer anwesend waren. Wenn Fernsehanstalten solche kläglichen Entschuldigungen für zu wenige Zuschauer anführen würden, wären schon sämtliche Fernsehsender geschlossen worden. Es war eine Art Glaubenslotterie - und die Leute waren froh, wenn viele im Gottesdienst waren, und traurig, wenn die Zahl niedrig war. Ihre Sprache und ihre Vergleiche waren altmodisch und unverständlich, und die Leute von Pisgah hielten sich für supermodern, weil sie in ihrem Gottesdienst eine Gitarre zuließen. Der Prediger von Salem hatte die Gemeinde mehr herausgefordert als alle andern, aber es kamen nur sehr verhaltene Reaktionen. Wenn mir jemand so was vorgeworfen hätte, hätt ich ihn verprügelt. Mir gefiel jene Predigt, die vom *Supermarkt Gottes* sprach, vom Brot des Lebens und dem lebendigen Wasser. Alles sei umsonst dort unter der Bedingung, dass man das Ganze annehme.

Eine Sache war in allen Konfessionen beschissen: Die Gleichberechtigung der Geschlechter. Während Frauen den größten Teil der versammelten Gemeinde stellten und jedes Mal für den Tee verantwortlich waren, saßen nur Männer auf den Honoratiorenplätzen, als Prediger und Vorstandsmitglieder. Es war dieselbe Ordnung wie in der großen Welt. Nur sehr schwer bekam man nach dem Gottesdienst die Erlaubnis, das Gebäude zu verlassen; sie begrüßten einen sehr herzlich, aber sie hatten so viel Angst, dass man nächsten Sonntag nicht wiederkäme, dass einige einen fast auf dem Stuhl festzementierten. Das durchschnittliche Alter der Leute, die zum Gottesdienst kamen, war siebzig. Ich stimmte mit der einzigen Verlautbarung überein, die die nonkonformistischen Kirchen dieser Tage überhaupt noch mit einem Rest an Überzeugung machten: *dass der Glaube in einer Krise sei.*

Ich beendete den Bericht mit dem Geständnis, dass ich wirklich berührt worden war von den Liedern, die in allen Kirchen gesungen wurden. Als ich auf die Texte hörte, merkte ich, dass sie von phantastischen Dingen sangen - sie redeten von Jesus Christus als einer Rose und nannten ihn 'Freund der Sünder', ich mochte das. Sie sangen von Seelen, die sich sehnten, Schweißtropfen, die herabfielen, Blut, das rein wusch, Sündern in Netzen, dem Ozean der Ewigkeit, davon, tollkühn durch Wasser und Feuer zu ziehen, sich durch Flüsse zu wagen und Berggipfel zu besteigen, von Meeren von Liebe, einem unermesslichen Opfer, einer festen Stadt, dem Felsen der Zeitalter, wütenden Unwettern, Blitzen, die aufleuchteten und Seelen sauber leckten. Das einprägsamste Bild war die 'Schuld wie die Berge der Welt', das berührte mich - das Ganze war unglaublich, und in jedem Lied war mehr Begeisterung und Leidenschaft als in jedem zeitgenössischen Lied, das ich je gehört hatte. Und noch unglaublicher war, dass die Leute der Gemeinde diese unerhörten Worte voller Inbrunst sangen, und dann machten sie das Gesangbuch zu und gingen nach Hause - als wäre rein gar nichts passiert! Als wär's völlig normal, so was zu grölen.

Das war mir zu hoch. Wenn ich die Hälfte von dem glauben würde, was die da sangen, würde ich das von den Dächern verkünden, würde umherspringen und hüpfen, würde in einem Meer von Tränen versinken.

Moth war keiner von den Schlechtesten, das musste man ihm lassen. Ich kann mir manchen von seiner Sorte vorstellen, der mich keines Blickes würdigen würde. Moth ist nie an uns vorbeigegangen, ohne uns zu grüßen, und ich konnte sehen, wie er darauf brannte, mich zu retten. Aber es war seine Mühe nicht wert. Wir beiden waren eindeutig auf verschiedenen Planeten und auf verschiedenen Drogen.

Wenn Kirchen wirklich radikal wären, den Leuten und dem Zeitgeist trotzten, gleichermaßen fest auf der Seite der Armen wären wie gegen Pharisäer, sichtbar andere Werte verträten, dann hätten wir mehr Verständnis für sie. Aber das Ganze war zu einem alten eingesponnenen System verkommen, das eine komische Bruderschaft unterhielt, die für niemanden außerhalb von Bedeutung war. Jesus Christus - der war was Anderes. Der interessierte uns viel mehr. Das Problem war, dass er von den Kirchen entführt und haarsträubend falsch vertreten worden war.

Ich hatte mich in meinen Gedanken verloren und vergessen, mich auf das Gespräch zu konzentrieren. Es fiel mir immer schwerer, mich zu konzentrieren.

"Vielleicht ist das Beste, die Beerdigung für Mittwoch anzusetzen - bis dahin ist die Erde bestimmt aufgetaut."

"Gut, dann kümmer ich mich jetzt um die Handzettel - wenn Ihnen das recht ist."

"Wenn Sie irgendwas brauchen - Sie brauchen bloß anzurufen. Und noch mal, es tut mir von Herzen leid. Im Grunde war sie schon in Ordnung. Ein bisschen wild vielleicht... aber irgendwie von einem bemerkenswerten Geist." Und er seufzte tief. Es klang wirklich bekümmert.

Bloß anrufen... Darf ich Sie anrufen, Moth? Darf ich Sie anrufen und fragen, was mir jetzt bevorsteht - namentlich nach Mittwoch? Haben Sie irgendeine Vorstellung - Sie mit Ihrem Theologiestudium und Ihrer jahrelangen Erfahrung in Gottes Gesellschaft? Ich hab die Bibel verdammt schlecht drauf, das ist mein Problem. Ich weiß, ich hätte mich früher drum kümmern sollen, aber... Tut mir leid, ich hab keine Entschuldigung. Kennen Sie diese Witze mit Petrus an der Pforte mit seiner langen Liste von Namen - ist da ein Körnchen Wahrheit drin? Gibt es einen Himmel und einen Gott? Würden sie eine wie mich, die "schon in Ordnung" ist, reinlassen?

Moth wandte mir den Rücken zu und ging aus der Tür. Ich hatte entschieden das Gefühl, dass ich mich früher hätte kümmern sollen.

Dann blieb er in der Tür stehen und wandte sich zu meinem Vater. "Wann, haben Sie gesagt, ist sie gestorben?"

"An Silvester um Mitternacht."

"Soso... Dann ist sie ja eine von den *Toten des Millenniums*..."

"Mr. Lewis, was genau hat es mit dem Volksglauben von den *Toten des Millenniums* auf sich?"

"Wissen Sie das nicht? ... Das war ein starker Glaube im zehnten Jahrhundert. Sie bekommen eine Extraportion Gnade, die Lieben, ja, Gnade ist etwas Großes."

Gnade - was zum Henker bedeutet das?

"Heißt das eine zweite Chance, Mr. Lewis?"

"Ja, obwohl ich es so noch nicht gesehen hab. Gnade - ja, es ist eine zweite Chance, damit man nicht eine Ewigkeit damit zubringt, zu bereuen, würd ich sagen. Ich muss mir das für eine Predigt merken."

Eine Ewigkeit lang bereuen... Danach schwappte noch mal eine Welle von tiefster Mutlosigkeit über mich. Es war gerade so, als hätte mich jemand auf einem Jahrmarkt in die Geisterbahn gesetzt, und ich hatte nicht die leiseste Ahnung, was auf mich zukam. Nein, die Ewigkeit ist kein gutes Thema, um darüber zu grübeln, besonders nicht, wenn man in einem Sarg liegt.

Deswegen war ich so froh, als ich später an jenem Tag die Tür aufgehen sah. Und herein kam weder ein Arzt noch ein Priester noch ein Bestatter, sondern Freunde - Seibar, Giaffar, Pill und Her. Ich war so froh, sie zu sehen, dass ich Tränen geweint hätte, wenn ich noch welche übrig gehabt hätte. Mir fiel ein alter Vers ein:

*"Hwy a'm carodd, hwy a'm cofiodd
Ceisio, cawsant, hyw a'm cododd,
Haul fy mynwyd drwy farwolaeth
Ffynnon f'ysbryd, swm fy hiraeth."*[24]

Ich konnte mich nicht genau an die Worte erinnern, aber sogar so waren sie tröstlich und gaben wieder, was ich fühlte.

Papa geleitete sie herein, aber dann war er gottseidank klug genug, uns allein zu lassen. Ich konnte in ihren Gesichtern lesen, was für einen spektakulären Anblick ich bot. Sie waren einfach entsetzt.

"Was machen wir - setzen wir uns, oder?", fragte Seibar, der sich sichtlich unwohl fühlte. Die Ärmsten wussten nicht, wohin mit sich. Sie hatten sich noch nie zuvor in einer guten Stube getroffen. Es passte so wenig wie Engel in einem Schweinestall.

"Nimm dir 'nen Stuhl", befahl Her, und sie rückte eine Art Sofa ohne Rückenlehne an den Sarg für Giaff und sich. Pill und Seibar setzten sich auf die andere Seite von mir. Im Handumdrehen hatte das dem Raum einen anderen Charakter verliehen.

"Wie geht's denn so, Ennyd?", fragte Her, als wär sie auf 'ne Tasse Tee vorbeigekommen. "Mein Gott, hast du uns einen Schock versetzt - du hinterlistiges Luder! Dich so einfach vor unseren Augen davonzumachen."

"Cool, Ennyd - todcool", sagte Giaff.

Der arme Seibar weinte still vor sich hin.

"Nicht erschrecken, Seibar ist nicht so ergriffen, sondern er hat Kontaktlinsen gekriegt", erklärte Pill.

"Gute Vorsätze für's neue Jahr - ein smarteres Image. Guck dir an, wie er aussieht."

Und wie er aussah! Seine Augen waren rot und geschwollen, und er trocknete die Tränen mit dem Taschentuch. Er sah nicht über die Maßen smart aus.

"Ich würd's nicht Verbesserung nennen", sagte Her. "Mir wär'n ganz vernünftiger Kerl mit Brille lieber als so'n tränennasser Idiot ohne. Siehst du das ein?"

"Ich sehe sehr komische Dinge", bekannte Seibar, während er mich ansah.

"Es sieht unwirklich aus", sagte Pill nach einer Weile. "Du in 'nem Sarg - das ist wie'n absolut geschmackloser Witz, oder? ...Und der Sarg ist vielleicht krank!"

"Was sind das für Volants da? So was von schlechtem Geschmack. Ennyd, was ist bloß mit dir passiert? Hättst du gern, dass ich versuch, ihn anzumalen?"

Her, du bist ein Schatz. Mir wär nichts lieber als ein psychedelischer Sarg mit lila Seidenfahnen, die über mir fliegen.

"Deine Eltern würden bestimmt ausrasten."

"Wir sind Silvester nicht auf die Wyddfa raufgegangen", sagte Pill. "Es wär nicht dasselbe gewesen ohne dich."

"Wir nehmen dich mal noch mit nach oben", sagte Her. Ihre verrückten Ideen kannten keine Grenzen.

"Und wir haben die Fete abgesagt", sagte Seib.

Ich fass es nicht!

"Naja, nicht ganz abgesagt, aber bloß 'ne Handvoll Leute. *Low-key.*"

Ich hab's mir doch gedacht... Es bräuchte schon 'nen Erdrutsch, damit 'ne Fete in Noddfa abgesagt würde.

"Was ist das für 'ne bescheuerte Schminke in deinem Gesicht?", fragte Giaff. Endlich hatte er die Frage gestellt, die alle beschäftigte. Danke, Giaff - so zielgenau wie ein Pfeil, und genauso schmerzhaft.

"Du siehst aus wie ein *dolly-girl*", sagte Pill, "gradewegs aus den Sechzigern. Bisschen Wimperntusche, und du sähst aus wie Mary Quant."

Weitere Kommentare?

"Wir sind gekommen, um dich zu holen", sagte Her. "Du kannst hier drin nicht mehr lang bleiben - Zentralheizung und so... und sie wollen dich in die Leichenhalle bringen. Naja, wollen tun sie nicht - sehen bloß keine andere Möglichkeit."

"Also haben wir ihnen 'ne andere Möglichkeit angeboten", sagte Seib. "Wo ist es kälter als in der Leichenhalle? - Noddfa!"

"Ich hab mein Haus angeboten", sagte Pill, "aber sie wollten dich nicht einfrieren."

Obwohl sich mein Gesicht nicht bewegte, hab ich herzlich gelacht. Ich vermisste das warme Gefühl, wenn die Bauchmuskeln vibrieren.

Tolle Idee, Leute, aber meine Eltern werden nie...

"Deine Eltern überlegen sich's - ernsthaft. Finden's komisch, klar, aber sie scheinen zu denken, dass das sehr lieb von uns ist. Sie haben nicht gewusst, wie gute Freunde wir sind, haben sie gesagt – armselig eigentlich. Sie sind der Meinung, dass wir uns um dich kümmern werden."

"Sie haben nicht geschnallt, dass wir dich auf dem Marktplatz ausstellen wollen und allen ein Pfund abknöpfen, damit sie dich sehen dürfen." Noch mal danke, Giaff.

"Wir wollten dich erst kidnappen, aber es ist uns niemand eingefallen, der dich hätte zurück haben wollen - jedenfalls nicht in diesem Zustand", sagte Pill.

"Allerdings war das, bevor wir das Make-up gesehen haben", sagte Her scherzhaft. "Ich hätte nicht gedacht, dass du so sexy aussehen könntest."

Haltet die Klappe, ihr unverschämten Hunde. Verflucht, dass ich tot bin und nicht kontern kann.

"Das hier ist nicht viel besser als 'ne Leichenhalle, ne?", sagte Pill von oben herab. "So was von geschmacklos schick..."

"Wir reden jetzt mal mit deinen Eltern, mal hören, ob wir sie rumgekriegt haben", sagte Her, und alle standen auf, um zu gehen.

"Wenn sie unseren Forderungen nicht nachkommen, werden wir handgreiflich", sagte Giaff, als er aus der Tür ging.

Ich sah ihnen nach, und obwohl mein Herz so ruhig war, war es quietschvergnügt. Ach was, der Ausdruck ist viel zu ausgelutscht, es war so high wie Giaff auf 'nem guten Trip. Natürlich schafft ihr's, ihr dummen Tröten. Wann hat euch je was widerstehen können?

Da fiel mir der Weihnachtsstern ins Auge. Er war anders als vorher, aber es war schwer zu sagen, wo der Unterschied war. Die Umrisse waren noch genauso...bloß...bloß war er nicht mehr scharlachrot. Seine Farbe war matt und bleich geworden. Das einzige farbenfrohe Ding in diesem Zimmer hatte sein Charisma verloren. Was würde ich froh sein, von hier fliehen zu können.

Von Zeit zu Zeit geschehen Wunder auf dieser Welt, und eine jenseitige Macht schmilzt Herzen, die man für Stein gehalten hätte. Nach einiger Überredung müssen meine Eltern ihr Einverständnis gegeben haben, dass die Leiche ihrer Tochter an einen Ort gebracht würde, der kälter wäre, nach Noddfa, 33 Stryd Pwll, wo jemand ein Auge auf sie haben würde. Sie waren offensichtlich der irrigen Meinung, dass ich dort gut aufgehoben wäre. Und so kam ich zu meiner ersten Fahrt in einem Leichenwagen, mit Her, Giaff und Seibar zusammengequetscht auf dem Vordersitz, um den Weg nach Noddfa zu zeigen.

Gottseidank haben sie nicht den Deckel auf mich getan, sondern bloß ein weißes Tuch über mich gelegt. Pill wollte die walisische Flagge nehmen, aber das hätte Aufsehen erregt.

Das war das erste Mal, dass ich die Schwelle von Noddfa überschritt, ohne jenen unverkennbaren Gestank zu riechen. Entweder weil sie die Bude geputzt hatten, oder vielleicht weil ich selbst jetzt ganz gut stank und nicht mehr so empfindlich für Gerüche war. Sie stellten mich auf den Fußboden und legten einen Stapel Zeitungen unter das vordere Ende des Sargs, so dass ich wenigstens den Fernseher sehen konnte.

"Lieber Himmel, hast du gesehen, wie komisch der Typ von nebenan uns angeguckt hat?", fragte Seibar.

"Wer? Psycho?", fragte Giaff.

"Ja, dem sind fast die Augen aus dem Kopf gefallen."

"Gut, dass er gedacht hat, du weinst", sagte Her. "Sag, kannst du denn diese blöden Linsen jetzt nicht mal rausnehmen? Du sollst die doch am ersten Tag nicht zu lang drin lassen."

"Ich dachte, ich würd sie nicht so schnell kriegen", sagte Seib und setzte sich vor mir hin, um sie rauszunehmen. Wenn ich am Leben gewesen wär, hätt sich mir der Magen umgedreht. Ich konnte nicht sehen, wie jemand an seinen Augen rumfingerte.

Es tat gut, zu sehen, dass Seib und Giaff wieder Freunde waren. Mist, ich hatte vergessen, Her zu fragen, was eigentlich der Grund für den Streit auf dem Wirral gewesen war. Ich würde das nicht mehr erfahren, aber das war auch kein Weltuntergang... Gott, war das schön, wieder in einem ganz normalen Raum zu sein in der Gesellschaft von Freunden. Mal wieder in einer warmen, verrückten, völlig bescheuerten Atmosphäre. Wir sahen abends fern und hörten den Gesprächen des einen oder anderen zu, und es war genau wie in alten Zeiten. Seibar kochte zu Abend, und sie fühlten sich komisch, vor mir zu essen.

"Du kannst dir einfach vorstellen, dass ich deine Portion stellvertretend esse", sagte Her, "- nicht, dass es so wahnsinnig lecker ist...", und sie zwinkerte mir zu.

Ich weiß, Her - verdammt, dass ich nicht zurückzwinkern kann. Seib konnte um nichts in der Welt ein anständiges Essen kochen, aber er stand auf dem Küchenplan. Giaff nicht - schon klar, warum. In seinem Rezeptbuch gab's nur Haschkuchen. Sie konnten mir so keine Lust machen; es war eine komische Sache, keinen Appetit zu haben. Es roch auch nach gar nichts. Später am Abend fingen sie an, die Leckereien, die von Weihnachten übrig waren, herumzureichen, Nüsse und Pralinen und Joints. Ich sah Seib an, wie er eine Mandarine nahm und schälte, und ich erschrak, als ich nicht den vertrauten beißenden Geruch wahrnahm, der untrennbar mit dieser Frucht verbunden ist. Die Macht der Gewohnheit ließ sie mir die Leckereien immer wieder anbieten, ohne dran zu denken, dass ich jetzt ohne auskam. Schließlich wurde das zu einem Witz.

"Ich muss sagen, Ennyd, man hat's viel leichter so, für dich zu sorgen", sagte Her, "und dein Unterhalt ist billiger. Wir sollten das auch für Giaff in Erwägung ziehen."

Sie biss sich auf die Zunge, und diesmal lachte niemand. Vor ein paar Jahren hatte Giaff einen schweren Autounfall gehabt und war nur um Haaresbreite dem Tod entronnen. Wir hatten ihn regelmäßig im Krankenhaus auf der Intensivstation besucht, und es hatte Monate gedauert, bis er wieder zu Bewusstsein gekommen war und sich selbst wieder ähnlich wurde.

Wir fiel auf einmal auf, dass das Jetzt mich an jene Zeit erinnerte - wir hatten schon einmal die Erfahrung gemacht, mit etwas zu reden, das ziemlich viel Ähnlichkeit mit einer Leiche hatte. Giaff war körperlich unglaublich schnell gesund geworden, aber psychisch hatte er bleibende Wunden. Nicht dass er einen medizinischen Schaden gehabt hätte, aber seine Perspektive auf's Leben war wie umgedreht. Er war immer so enthusiastisch gewesen, und alles war so klar gewesen für ihn. Aber nach dem Unfall wurde er irgendwie bitter. Das war eine völlig unerwartete Reaktion für uns, wo er doch so gut genesen war. Ich verabschiedete mich von der Vorstellung, dass Giaff sein Leben in einem Rollstuhl verbringen würde. Alle - wir, seine Eltern, alle seine Bekannten, waren überglücklich, dass Giaff am Leben und gesund war, und sie konnten nicht verstehen, warum es Giaff nicht genauso ging -

warum er nicht die ganze Zeit in ewiger Dankbarkeit und sprichwörtlicher Fröhlichkeit herumsprang.

Giaff versuchte ein- oder zweimal, mir zu erklären, wie er sich fühlte, aber ich glaub nicht, dass ich's verstanden hab – genauso wenig wie alle andern. Anstatt anzunehmen, dass alles eine Struktur und einen Zweck habe, kam Giaff nach und nach immer mehr zu der Auffassung, dass nichts existierte als der blinde Zufall, der das Leben auf der Erde regierte. Manche bauten Unfälle, andere schafften's, um sie rumzukommen. Manche verloren ihr Leben, andere behielten es, manche verloren ihre Beine, andere liefen fröhlich herum - das alles war ein reines Glücksspiel. Sehr bald wurde das Zeug, auf dem er war, zu Kokain, zu Marihuana, zu Ecstasy, zu Speed, und schließlich Heroin. Wir hatten gedacht, vielleicht könnte er drüber wegkommen wie Her, aber der Grund von Giaffs Kummer war um so viel tiefer.

Schließlich kam Giaff zu dem Schluss, dass er nicht leben wollte. Der Grund war nicht irgendein Gefühl von Schuld oder sonst 'n Psychologen-Quatsch, sondern die schlichte Tatsache, dass er nichts hatte, wofür er lebte. Wenn jemand es wirklich schafft, nichts mehr von den Verlockungen der weltlichen Genüsse zu brauchen, und wenn er gar keine Ideologie hat, die ihn trägt, dann ist es arg schwer, dafür zu argumentieren, warum er weiter leben sollte. Giaff war genau das andere Extrem zu Her. Her ging durch Feuer und Wasser, nur um zu genießen, dass sie lebte, während Giaff alle möglichen extremen Sachen machte mit der festen Absicht, sich selbst zu zerstören.

Irgendwo zwischen diesen beiden Extremen lebte der Rest von uns Sterblichen. Hatten unsere Sachen ganz passabel im Griff, verstanden rein gar nichts, aber in seltenen Augenblicken erkannten wir, dass das einzige, was uns verband, die Liebe war. Diese Wärme spürte ich an jenem seltsamen Abend in Noddfa.

Es gab überhaupt gar nichts sonst, um die andern zu wärmen, und als die Wirkung vom Gras nachließ, merkten sie, wie verdammt kalt es war.

"Wir müssen heizen", sagte Seibar. "Ich zittere vor Kälte."

"Ennyd darf nicht warm haben", erinnerte ihn Her.

"Ennyd spürt nicht die Kälte. Aber ich. Mein Gott, Her - da draußen friert's Stein und Bein!" Er griff nach der Streichholzschachtel.

"Das ist doch nicht dein Ernst - hast du denn nicht kapiert?", sagte Her gereizt. "Wenn du dieses Feuer ansteckst, können wir Ennyd nicht hierbehalten - dann muss sie in die Leichenhalle."

Seibar behielt die Streichhölzer in der Hand.

"Wir werden bald alle in der Leichenhalle sein, wenn wir hier drin bleiben", sagte er. "Ich geh in mein Bett."

Und er ging in sein Bett.

Ich glaub, nur ich hab verstanden, wie tief Seibs Kummer war an jenem Abend.

3. Januar

Giaff und Her bekamen ihre Betten die ganze Nacht nicht zu Gesicht. Sie waren entschlossen, den Beschränkungen ihres Körpers zu trotzen. Als die ganze Welt still und einsam war und die beiden so richtig nüchtern, beschloss Giaff auch den Beschränkungen von Konventionen zu trotzen und seine Kamera zu holen. Giaff hatte eine besondere Begabung zum Photographieren, und obwohl wir ihn immer drängten, machte er sich nie die Mühe. Ich weiß nicht, wann ich ihn zuletzt mit einer Kamera gesehen hatte.

"Giaff - was zum Teufel hast du vor?", fragte Her.

"Ich will Ennyd photographieren."

"Das kannst du nicht machen!"

"Sag mir einen Grund, warum nicht."

"Es macht nie jemand Photos von Leuten im Sarg."

"Es entführen auch nicht viele Leute einen Sarg, um einer Leiche Gesellschaft zu leisten."

"Nenn Ennyd nicht Leiche."

"Che Guevara haben sie im Sarg photographiert."

"Ja, seine Feinde - um zu beweisen, dass sie gewonnen hatten."

Ich wurde fast blind von dem plötzlichen Blitz.

"Nicht, Giaff!"

"Was hast du?"

"Ich kann's nicht sagen...."

Noch ein Blitz.

"Warum dürfen wir Trauer nicht festhalten?"

"Ich weiß nicht, Giaff."

"Muss denn jedes Photo lächeln?"

Er machte noch zwei Photos von mir.

"Warum werden Beerdigungen nie auf Film dokumentiert?"

"Ich will sie einfach nicht so in Erinnerung behalten, Giaff."

"Es ist das Größte, was ihr passiert ist - und uns allen übrigens."

"Ich kann mich nicht damit abfinden."

"Genau das steht uns allen bevor, Her."

"Ennyd gehört nicht in einen Sarg..."

"*That's life*", sagte Giaff und verbesserte sich gleich darauf. Er legte seine Kamera beiseite. "Ennyd ist tot. Sie ist fort. Das hier ist sie nicht. Wir können nichts machen, Her."

"Na klar können wir, wir können sie aus diesem bescheuerten Ding da rausholen. Komm, hilf mir, sie rauszuholen."

Wie lange noch würde Her die Tatsache nicht wahrhaben wollen?

Und sie haben's wirklich gemacht, mich aus dem Sarg rausgenommen. Es traf sich gut, dass ich nichts spüren konnte, Her und Giaff waren nicht halb so vorsichtig wie die Leichenbestatter.

"Guck mal, Giaff, das Hemd hat gar keinen Rücken, bloß 'n Band, das es zusammenhält."

"*Weird*... das also scheint 'kürzen' zu bedeuten... Guck mal, die Farbe der Haut!"

"Nicht, Giaff..."

"Ach was! Guck - sie ist ganz steif!"

"So werden sie halt. Lieber Himmel, ist die schwer."

"*'Dead weight'* sagt man dazu, oder?"

Ihr wisst nicht, wie schwer ich lebendig war...

Ich wurde ohne viele Umstände auf den Boden fallen gelassen.

"Was machen wir jetzt mit ihr?"

"Sie einfach da lassen, aber wir können rechts und links von ihr schlafen..."

Her verschwand und kam mit zwei Transparenten zurück - das alte Mehrzweck-Transpa mit "Gerechtigkeit" und noch eins mit einer Taube und dem Wort "Frieden" aus buntem Stoff. Naja, man hätte nicht erkannt, dass es eine Taube sein sollte. Sie sah eher einem Albatros ähnlich. Nähen war nicht unsere größte Stärke.

"Wogegen ist die Demo?", fragte Giaff verständnislos.

"Wir solidarisieren uns mit der Verstorbenen", war ihre Antwort. Sie wickelte sich in das eine Transparent und warf das andere Giaff zu.

"Da!"

Ich hätte Lust gehabt, ihnen zu sagen, wie unsäglich dumm sie aussahen, aber irgendwie hatte's was seltsam Tröstliches. Ich fühlte mich nicht mehr so tot. Ich war immer noch eine von ihnen.

"Ich kann nicht schlafen", sagte Giaff nach einer Weile.

"Ich auch nicht."

Ich auch nicht.

"Erzähl uns 'ne Geschichte, Her."

Und Her erzählte eine Geschichte. Ich konnte mich nicht entscheiden, woran sie mich erinnerte, ein Mitglied des Gorsedd[25] oder Gandhi oder *Ghostbuster*. Sie saß da auf ihrem Stuhl und erzählte eine Sage aus ihrem Lieblingsbuch, auf ihre eigene unnachahmliche Art. Es gab die Geschichte, wie Bendigeidfran der Kopf abgeschlagen wurde.[26]

"...Und nehmet den Kopf, sagte er, und traget ihn zum Gwynfryn in London und begrabet ihn mit dem Gesicht gen Frankreich. Und ihr werdet lange unterwegs sein; ihr werdet sieben Jahre lang in Harlech tafeln, während Rhiannons Vögel für euch singen. Und der Kopf wird euch ebenso gute Gesellschaft sein, als er euch je war, da er noch auf mir war... Hörst du zu, Ennyd?... Und in Gwales in Penfro werdet ihr achtzig Jahre sein. Und ihr könnt dort den Kopf bei euch haben, ohne dass er verwest, wenn ihr nicht die Tür zum Aber Henfelen in Richtung Cornwall öffnet. Und von der Zeit, da ihr die Tür öffnet, könnt ihr nicht mehr dort sein. Fahret gen London, um den Kopf zu begraben. Und fahret ihr weiter hinüber."

Und jetzt kamen wir zum letzten Satz:

"Fertig?"

"Und dann - wurde ihm der Kopf abgeschlagen," - Her und Giaff rezitierten diesen Satz immer gern gemeinsam, im Predigtstil und in einem sehr endgültigen Tonfall. Danach gab's ein Quiz. Her war ein großer Quiz-Freak.

"Wohin gingen sie danach?"

"Nach Irland."

Nein, Giaff - nach Talebolion. Ich hätte die Frage kriegen sollen...

"Nein, Talebolion", sagte Her.

Ein Punkt für mich, wenn ich denn sprechen könnte.

"Was geschah mit Branwen?"

"Sie starb an gebrochenem Herzen und wurde in einem viereckigen Grab begraben."

Wie oft hatten wir diesen Satz als Antwort aufgesagt, ohne dass er für uns irgendwas bedeutet hätte? Jetzt auf einmal war er schwer von Bedeutung. Unser Leben war jetzt Teil der Mabinogi.

"Wer eroberte Britannien und sagte, er wäre der König von London?"

"Tony Blair."

"Willst du noch 'n Versuch?"

"Caswallon ap Blêr[27]."

"Was geschah mit Caradog fab Brân und den sieben Männern, die bei ihm waren?"

"Die Sache wurde unschön", sagte Giaff. "Caswallon ap Blêr zog sich einen Zaubermantel an und erschlug sechs von ihnen."

"Warum hat er den siebten nicht erschlagen?"

"Weil er die Schwester seiner angeheirateten Großmutter war."

"Falsch - der Neffe vom Sohn seines Vetters."

"Knapp daneben."

"Und dann?"

"Er starb auch an gebrochenem Herzen. Efnisien, Bendigeidfran, Branwen und Caradog - alle sind an gebrochenem Herzen gestorben."

Herzen sind fragile Dinger...

Giaff war in der Nacht in Topform. Er hätte zu *Mastermind* gehen können mit seinem Wissen über die Mabinogi.

Am Morgen war's schwer zu sagen, wer von uns die Lebendigen und wer die Toten waren. Seibar kam runter und sah drei in Transparente gewickelte Leichen, wie drei Joints, die groß genug gewesen wären für Bendigeidfran, inmitten einer Unmenge von Kippen.

"Was zum Teufel...?"

Eine von den wenigen guten Seiten daran, eine Leiche zu sein, war, dass ich nicht aufräumen helfen musste. Sie legten mich auf's Sofa und brachten das Zimmer in relative Ordnung. Her ging duschen, um wieder warm zu werden nach einer so kalten Nacht.

Morgens kamen Rasmws und Malan rüber. Offensichtlich hatte die Geschichte die Runde gemacht, dass ich unten in Noddfa war. Malan kam als Erste - gottseidank ohne Job. Ich weiß nicht, was er unter diesen Umständen gemacht hätte.

"Schade, dass Ennyd nicht wissen kann, dass Sguthan bei mir gut aufgehoben ist", sagte Malan.

"Warum sagst du's ihr nicht?", fragte Her.

"Ich weiß nicht, ob ich das kann."

Malan konnte nicht auf dieselbe Weise mit mir sprechen, wie die andern das konnten. Alle hatten ihre eigene Art, mit ihrem Verlust umzugehen.

"Warum habt ihr sie aus dem Sarg genommen?", fragte Malan.

"Er passte nicht", sagte Her, "und er war ätzend unbequem."

"Woher weißt du das?"

Her schleifte den Sarg mitten ins Zimmers und legte sich rein.

"Hiermit erkläre ich offiziell, dass dieser Sarg in hohem Maße unbequem ist und nicht den Britischen Handelsnormen entspricht. Bist du jetzt zufrieden?"

"Her..."

Da leuchtete es in Hers Gesicht auf, und ich wusste, dass ihr eine *hypergeile Idee* gekommen war. Sie wickelte sich in das "Frieden"-Transparent und legte sich wieder in den Sarg. "Keiner sagt was, wenn Rasmws kommt", sagte sie. "Und Giaff - versteck dich hinter dem Sofa."

Nach einer Weile kam Rasmws. Es war ein echt fieser Streich - sogar nach unseren eigenen Maßstäben. Es funktionierte besser als erwartet, weil Rasmws nicht so besonders gut sah. Keiner verzog eine Miene.

"Da habt ihr's also geschafft, sie hierher zu bringen", sagte Rasmws, als er reinkam. "Gut gemacht."

"Die Alternative wär die Leichenhalle gewesen."

"Brr, das sind unmenschliche Einrichtungen", sagte Rasmws, als hätte er selbst schon Tage dort zugebracht.

"Tee, Rasmws?"

"Danke." Seine Augen wanderten in Richtung Sofa. "Wer ist denn da k.o. gegangen?"

"Giaff - wer sonst?"

"Was habt ihr gestern Abend gemacht?"

"Sie haben 'nen Quiz-Abend gemacht, und ich bin ins Bett gegangen wegen der Kälte."

"Es ist arschkalt hier." Deswegen hatten alle ihre Mäntel an.

"Willst du sie dir denn nicht ansehen?", fragte Seib.

Rasmws stand auf und ging zum Sarg.

"Hey, sie sieht richtig gut aus, wenn man bedenkt, dass sie seit drei Tagen tot ist."

"Sie war anders als alle, nicht?", sagte Malan.

"Was zum Kuckuck hat sie da an?"

"Wir haben 'Frieden' auf das Totenhemd genäht - so was in der Art wie 'ruhe in Frieden'..."

"Gute Idee."

"Wir füttern sie mit Trauben", sagte Seib, und dann nahm er eine Traube und hängte sie über den Mund im Sarg. Ganz allmählich öffnete sich der Mund, angelte sich eine der Trauben und kaute geruhsam.

"Gott im Himmel!", sagte Rasmws, "Sie lebt!"

Länger als bis da konnten wir den Witz nicht durchhalten. Über das Gesicht im Sarg breitete sich ein riesiges Lächeln aus, und alle starben fast vor Lachen, bis auf mich natürlich.

Her richtete sich im Sarg auf und stieg heraus. Ich konnte nicht umhin, ein bisschen neidisch zu sein.

"Ich seh also gut aus, Rasmws?"

Rasmws saß da mit dem Kopf in den Händen und wusste nicht, ob er lachen oder weinen sollte.

"Das war gut", sagte Malan.

"Ich werd euch das nie verzeihen", sagte Rasmws, und es dauerte eine Weile, bis er sich wieder gefangen hatte. Aber er würde ihnen verzeihen, wie jedes Mal zuvor, und die Geschichte würde Teil seines Erzählfundus.

"Ist denn dann Ennyd nicht hier?", sagte Rasmws nach einer Weile. Er versuchte immer noch, sich auf das Ganze einen Reim zu machen.

"Das auf dem Sofa ist Ennyd, du Blindfisch", erklärte Giaff, der aus seinem Versteck gekommen war, und dann erklärte er, warum wir uns in Transparente gewickelt hatten, und erzählte ausführlich von gestern Abend, und wie es sich anfühlte, mit einer Leiche zusammenzuwohnen.

"Also, gehen wir rauf auf die Wyddfa oder nicht?", fragte Her ungeduldig. Sie hatte die ganze Zeit von diesem Trip auf die Wyddfa geredet, und niemand hatte Notiz von ihr genommen. Aber wenn Her etwas wollte, konnte nichts sie aufhalten. Man könnte leichter einen Muslim überzeugen, den Koran zu verleugnen, als Her umstimmen.

"Erklär uns die Sache mal richtig", sagte Malan, "Was genau haben wir vor?"

"Dasselbe, wie wir an Silvester vorhatten - bis auf dass wir die einfache Variante nehmen und mit der Bahn fahren - da eine von uns in der Zwischenzeit gestorben ist und sich mit dem Laufen schwer tut..."

"Bahn? Die Schmalspurbahn auf die Wyddfa?"

"Nein, Rasmws - die Transsibirische Eisenbahn - ich hab mir gedacht, wir könnten mal schnell nach Wladiwostok zum Tee..."

"Wenn ihr mit der Bahn fahren wollt, komm ich mit", sagte Rasmws. "Ich hab nicht gewusst, dass sie zu dieser Jahreszeit fährt, ohne Touristen."

"Sie fährt bloß diese Woche", erklärte Seib, "der Beitrag von Llanberis zu den Millenniumsfeierlichkeiten."

"Ist es eine dumme Frage, was wir mit Ennyd machen?", fragte Malan.

"Naja, ich hab mir gedacht, der Rest von uns fährt mit der Bahn, und du und Rasmws könnt Ennyd rauftragen..."

"Her - sei doch einmal ernst", flehten alle.

Sich selbst ernst zu nehmen, fiel Her schwer - schwerer als den übrigen.

"Sag du, Seib."

"Die Idee war, eine Bahre zu besorgen für Ennyd."

"Bahre? Wie erklären wir das den andern Leuten? Dass wir unsere Toten auf Bahren die Berge hoch tragen?"

"Ich werd mir was überlegen", sagte Seib.

Her war sauer.

"Hör doch mal auf, überall Probleme zu sehen, Malan. Versuch dich zu erinnern, was eine Vision ist. Mir machen es für Ennyd."

Tust du nicht, Her, spar dir die Lüge. Du machst es, weil es die größte Herausforderung ist, die du seit langem gekriegt hast, weil es eine so abgefahrene Idee ist, und ich liebe dich dafür, dass du dir so treu bist... Ich brenn auch drauf, zu sehen, was aus dem Plan wird...

Schließlich kam Pill mit einer alten Bahre von irgendwoher, und sie wickelten mich in alle möglichen Decken, montierten eine Wollmütze um meinen Kopf, einen Schal und eine dunkle Brille, die mein Gesicht verbergen sollten, und feste Gurte, die mich auf der Bahre festhielten. Wir zwängten uns in Malans Auto, und los ging's. Obwohl es ein Kombi war, waren wir wie Sardinen kurz vorm Ersticken. Malan fuhr nicht so gemessen wie der Leichenwagen.

"Wohin würdest du am letzten Tag deines Lebens gern fahren, Malan?", fragte Rasmws.

"Ich denk, Ynys Enlli[28]."

"Und du, Seib?"

"'n *day-trip* nach Griechenland, um die Sonne anzubeten."

"Giaff?"

Von Giaff keine Antwort.

"'n *day-trip* zum Khyber Pass wär was für Giaff - dass er sich den Kopf 'n letztes Mal mit Stoff voll hauen kann."

"Her?"

"Ich weiß nicht. Ich will da nicht drüber nachdenken."

Her hatte eindeutig einen *kratzbürstigen Tag*. Nur ich konnte normalerweise an solchen Tagen mit ihr umgehen. Die andern hatten kein Verständnis für sie.

"Und was ist mit dir selber, Rasmws?"

"Das Arbeitszimmer von Pantycelyn[29]."

"Warum?"

"Um zu gucken."

"Was erwartest du denn da zu sehen?"

"Bloß da sitzen und mir vorstellen, wie Pantycelyn sich auf die kommende Welt vorbereitet hat."

Üblicherweise verstand niemand viel von dem, was Rasmws sagte, und wir ließen ihn einfach in Ruhe. Aber jetzt dachte ich lang über das nach, was Rasmws gesagt hatte. Das Problem war, dass ich nichts über Pantycelyn wusste. Ich konnte mir nicht viele Kirchenlieder in Erinnerung rufen, ganz zu schweigen, dass ich gewusst hätte, welche die von Pantycelyn waren.

Pill sagte, sein Wunsch wäre, auf die Wyddfa raufzugehen, und niemand war erstaunt. Es wusste niemand, was mein Wunsch war.

In Llanberis am Bahnhof der Schmalspurbahn bekam Seib die Aufgabe, Fahrkarten zu kaufen.

"Sechs Tickets...äh, und dann hab ich noch einen auf 'ner Bahre..."

Der Mann drückte seine Nase an die Scheibe und versuchte, was zu sehen.

"Der gehört besser in 'n Krankenhaus."

"Da kommt er grad her. Er hat beim Klettern 'n Unfall gehabt."

"Was soll er dann hier?"

"Mir machen's diesmal auf die sichere Tour. Das ist Teil der Therapie. Damit er nicht den Rest seines Lebens sich nicht mehr auf die Wyddfa rauftraut, so ungefähr."

Der Mann wurde misstrauischer. "Wär er nicht besser zu Hause?"

"Der arme Kerl braucht frische Luft... Verlangen sie was für Bahren?"

"Nicht, wenn der Unfall auf der Wyddfa passiert ist."

"Ja, ist er - auf der Crib Goch war er damals..."

"Nein...in *emergency* - wenn zufällig grad zu der Zeit jemand in Gefahr ist, dann nimmt der Zug ihn mit runter..."

"Genauso ist es ja - bis auf dass dieser rauffahren will."

"Das ist überhaupt nicht dasselbe. Beeilen Sie sich, da ist 'ne Schlange."

Aber Seib ließ nicht locker, "Was ist der Unterschied zwischen rauffahren und runterkommen?"

"Runterkommen ist *emergency*, rauffahren ist Vergnügen."

"Und der da sieht aus, als wär er zum Vergnügen unterwegs, ja?"

"Kein Ticket - keine Fahrt."

"Wieviel wollen Sie denn für den armen Kerl haben?"

"Ich werd das Doppelte verlangen müssen - er wird zwei Plätze brauchen."

"Aber er ist schwer krank!"

"Er kriegt *'compo'*[30], oder?"

"Ein bisschen *'compo'* von Ihnen wär keine schlechte Idee, schließlich ist Ihr verdammter Berg schuld, dass er so kaputt ist."

"Ich werd mit dem Geschäftsführer reden..."

"Nein!", sagte Malan. "Wir zahlen."

"Dann hätten wir das ja. *Single* oder *return*?"

"Wenn er zufällig auf dem Gipfel stirbt, kriegt er dann sein Geld zurück?", Seib stellte sein Glück auf die Probe.

"Beachten Sie ihn einfach nicht", sagte Malan. "Er ist ein bisschen durcheinander."

"Mich hat er jetzt auch durcheinander gebracht. Da - acht Tickets."

"Sturer Bock... wer glaubt er, dass er ist - der Chef von British Rail?"

"Lass gut sein, Seib."

"Wenn da so ein Scheiß-Engländer in Gips kommt, darf er umsonst runterfahren..."

Wenn ich eins nicht brauchen konnte, dann war das Seibs Predigt gegen Engländer.

So bin ich zum ersten und letzten Mal im Leben in der Schmalspurbahn auf die Wyddfa gelandet. Der Waggon war brechend voll mit Touristen, und eine Frau in Uniform ging auf und ab und verkaufte Lose der Millenniums-Lotterie. Es war nicht ganz das, was wir uns Silvester vorgestellt hatten... Her schlecht gelaunt, Seib beleidigt, Giaff auf Drogen und ich tot - mit unserer Clique war nicht viel los. Einige von den Touristen guckten mich arg komisch an.

"*Penny for the guy*[31]", sagte Seib zu einem neugierigen Paar, das mich die ganze Zeit anstarrte, und sie drehten sich um und sahen aus dem Fenster.

Ich kann nicht behaupten, die Fahrt da rauf sei eins der großen Erlebnisse meines Lebens gewesen. Platt auf dem Rücken auf einer Bahre sah ich nichts als den Himmel, und da ich eine Sonnenbrille auf der Nase hatte, war es ein seltsam violetter Himmel.

Pill und Rasmws und Malan versuchten, sich zu unterhalten und so zu tun, als wäre alles in Ordnung.

"Ich nehm an, die haben noch nicht viele Leute auf Bahren gewesen", sagte Malan.

"Jedenfalls nicht so gut eingewickelt."

"Was heißt *'stretcher'*, Bahre, wohl auf Walisisch?[32]", fragte Rasmws, während er in seinem Taschenwörterbuch wühlte. Während alle andern sich vergewisserten, dass sie ein Taschentuch oder ihre Handtasche oder Heroin dabeihatten, bevor sie sich in die weite Welt hinauswagten, traute Rasmws sich nicht ohne sein Wörterbuch auf die Straße.

"Ich weiß nicht, Rasmws, was heißt *'stretcher'* auf Walisisch? Das hat mich schon immer gequält..."

"*Trestl... stretsiar...* ist das Walisische nicht eine reiche Sprache?... Das hier ist besser...*'elorwely'*."

"Das lässt dem Armen, der da drauf liegt, nicht viel Hoffnung[33], oder?", sagte Malan.

"Es gibt einen Pass zwischen zwei Bergen, der wird *Bwlch y Ddwy Elor* genannt - *Pass der zwei Totenbahren*." Pill war voll von solchen kleinen Perlen des Wissens.

Aber ich hatte meine Gedanken woanders an jenem Nachmittag. Sie waren voller Engel. 'Was ist ein Engel?' Das war die große Frage, die unentwegt in meinem Kopf pochte. Was zum Henker ist ein Engel? Ich dachte an all die Engel, von denen ich wusste. Gabriel in der Weihnachtsgeschichte, der Engel, der gekommen war, um Maria das mit Jesus mitzuteilen, der Engel, der sich mit Jakob geprügelt hatte - ich hatte diese Geschichten von Miss Preis in der Sonntagsschule, und damals waren Engel so real wie Zauberer und Drachen. Jede Menge Engel im Himmel als Gottes kleine Diener, Engel auf Weihnachtskarten, Engel in Kirchen, Engel in Filmen - mit Flügeln, ohne Flügel, auf der Suche nach Flügeln, Engel in der Dichtung, Engel in der Philosophie, und wie viele von ihnen auf einer Nadelspitze Platz hatten. Hatte irgendjemand auf der Welt eine Ahnung, was Engel waren? Es musste ja irgendwas dran sein, sonst wären sie nicht in der ganzen Christenheit allgemein anerkannt. Würde ich je einen Engel zu sehen bekommen? Würde ich am Mittwoch einen Engel sehen?

Langsam wurde das zu einer Obsession, dieser Gedanke, was am Mittwoch mit mir passieren würde. Meine größte Angst ist, dass einfach nichts passieren wird. Mein Leben lang ist mir das ein Alptraum gewesen - *das große Nichts*. Ein paar Jahre, nachdem ich es aufgegeben hatte, an den Weihnachtsmann zu glauben, hab ich auch aufgehört, an Gott zu glauben. Es war ein weiterer Schritt im Prozess des Erwachsenwerdens. Ich hab die meisten der Teenager-Krisen gehabt, so wie Kinder die Röteln oder die Windpocken kriegen - Nihilismus, Hedonismus, Buddhismus, ich war Atheistin, Agnostikerin, unentschieden nacheinander. Aber nichts von alledem war ein genügender Schild, um mich vor *dem großen Nichts* zu beschützen. Ich hab mir nicht erlaubt, allzu oft darüber zu grübeln. 'Nicht-Ich' war die Bedeutung des *großen Nichts* - überhaupt nicht. Nicht für eine kurze Zeit, nicht für lange, sondern *für immer*. Meine Freunde argumentierten, dass dieser Zustand meines Nicht-vorhanden-Seins mir doch niemals bewusst sein würde, aber ich konnte es nicht glauben. Die schlimmste Hölle überhaupt wäre, dass einem die Identität entglitte, während man sich des Ich weiter bewusst wäre. Und die Ereignisse der letzten drei Tage hatten nicht dazu beigetragen, meine diesbezüglichen Ängste zu zerstreuen.

Die Bahn hielt.

"Welcome to the summit of Snowdon," sagte die Frau in Uniform mit einem starken Arfoner Akzent. *"From here you can see most of the spectacular peaks of the Snowdonia range in all their splendour. You will have approximately half an hour on the summit, during which you can enjoy refreshments. These can be purchased from the cafeteria, where there is also a licensed bar. The Souvenir Shop has a variety of goods on offer, and you'll be glad to know that there are toilet facilities as well. Have a nice time."*

So was hatten wir zu vermeiden gehofft, wenn wir an Neujahr hierher gekommen wären, um den Sonnenaufgang zu sehen.

"Da habt ihr die *Königin der Wyddfa*[34] in all ihrer Herrlichkeit gehört", sagte Rasmws. "Ich schäm mich manchmal für uns als Nation."

"Dumme Schnepfe", war Seibs einziger Kommentar.

Aber es war weder die Zeit noch der Ort, um bitter zu sein, und als wir eine relativ stille Ecke für uns fanden, konnten alle zur Ruhe kommen. Sie stellten die Bahre schräg, so dass ich die Aussicht sehen konnte. Schade, dass es so neblig war.

"Was ist denn jetzt was?", fragte Rasmws. Er war nicht so vertraut mit dem Ort wie wir andern.

"Das da drüben ist die Crib Goch, der Rote Kamm... das ist der Blaue Kamm... und der ganz hinten ist der Rosa Kamm."

"Seibar - sag du, du bist der einzige, der's richtig weiß."

"Auf dieser Seite Crib Goch und Crib y Ddysgl, der Schüsselkamm, auf der andern Seite Lliwedd und Llyn Llydaw, der Llydaw-See, unten im Tal - wo Seen üblicherweise sind."

"Gut, dass es so klar ist, wenn man bedenkt, dass wir Januar haben."

"Da drüben kann man grade noch den Moel Siabod sehen... und auf der andern Seite den Glyder."

Da wurde mir klar, dass mit meinen Augen was nicht in Ordnung war und nicht mit dem Wetter. Niemand dachte dran, mir die Sonnenbrille abzunehmen, aber ich glaub nicht, dass das einen großen Unterschied gemacht hätte. Ich konnte kaum überhaupt was sehen.

Als ich ihnen so zuhörte, wie sie die Namen nannten, die mir so vertraut waren wie die Namen von Geschwistern, fühlte ich mich auf einmal unendlich einsam. Selbst wenn ich nicht so gut eingewickelt gewesen wäre, bin ich nicht sicher, ob ich den Wind hätte spüren können, der mir über's Gesicht kratzte, oder die klirrende Kälte, die die andern sich eng aneinander drängen ließ. Es war ein unvergleichliches Gefühl, auf einem Berg zu sitzen, das Ich in die frische Luft einzutauchen und im Geist in der großen Weite zu schwimmen, während man den Geschmack eines Butterbrots genoss und in der Aussicht schwelgte. Und Sterben bedeutete, das alles zu verlieren.

Wie anders hätte es sein können, wenn wir neulich zum Sonnenaufgang hätten herkommen können. Ich spürte den Schmerz des Verlusts heftiger als je zuvor. Sie hatten sich jetzt weiter entfernt, nur zu verständlich. Sie sprachen nicht mehr so viel mit mir. Die Kluft zwischen uns wuchs und trennte uns schnell.

Auf dem Weg runter war ihre Unterhaltung interessanter, das Erlebnis auf dem Gipfel hatte sie näher zueinander gebracht. Und je näher sie zusammenrückten, desto weiter weg fühlte ich mich.

Abends unten in Noddfa bestanden sie darauf, zu heizen, legten mich wieder in den Sarg und schoben mich ans andere Ende des Zimmers in die Nähe der Küchentür. Das war kein großer Verlust, inzwischen war alles wie in der Dämmerung, und ich sah bloß die Umrisse der Dinge. Malan ging nach Hause zu ihrer Familie, Rasmws machte sich auf den Heimweg, aber Pill blieb da. Trotz der Kälte war Noddfa wohl noch ein, zwei Grad wärmer als sein Häuschen.

"Ich schmeiß 'ne Runde Tee", sagte Seibar. "Her... Pill... Giaff... Ich hab noch 'nen Löffel Whisky reingetan."

"Dann kann ich's nicht trinken", sagte Giaff. Er war völlig abstinent, soweit es um Alkohol ging.

"Trink's - vielleicht bringt's dich auf die Erde zurück. Ich hab mich seit zwei Jahren nicht anständig mit dir unterhalten."

"Damit ich wieder warm werd, braucht's mehr als Whisky", sagte Her. "Ich hätt nie gedacht, dass es so kalt sein würde. Wenn man läuft, merkt man das gar nicht, aber in dieser Bahn da war's wie in 'nem Kühlschrank auf Rädern."

"Du warst doch noch nie im Januar auf dem Gipfel der Wyddfa", bemerkte Giaff.

Waren wir alle noch nicht. Ich kann mich nicht an ein einziges Mal erinnern, wo wir nicht wenigstens in Hemdsärmeln raufgegangen sind oder unter der sengenden Sonne dahingeschmolzen sind. Obwohl, vielleicht erinnert man sich auch einfach nur an diese Tage.

"Was zum Henker ist das?", fragte Pill verwundert.

"Zeig mal... oje", sagte Her.

"Ist das zu irgendwas gut?"

"Es ist mindestens zwanzig Pfund wert - oder war's jedenfalls mal. Seibar! Pill hat deine Kontaktlinse gefunden..."

"Guck sie dir an!"

"Du solltest die nicht im Aschenbecher aufheben, Seibarchen. Wenn dir dein Sehvermögen nicht mehr wert ist, kannst du auch Zigarettenblättchen über den Augen tragen."

"Guck mal, die Kakerlake darunter in der Asche - was sieht sie wohl durch das Glas?", fragte Pill.

"Dein Gesicht hundertmal vergrößert - die Arme, sie wird den Schock nie verwinden."

"Hey, die Linse ist ganz hart geworden", sagte Seibar enttäuscht.

"Leichenstarre", sagte Giaff.

"Dann hat diese Episode also ein Ende", sagte Seibar deprimiert.

"Wir mögen dich so, wie du bist, mit Brille und allem", sagte Her.

"Schade, dass du das nicht früher zugegeben hast."

Ob Seib seine Blicke jetzt wohl Her zuwenden würde?

An jenem Abend erzählte Her noch mehr Geschichten. Es gab die Fortsetzung der Geschichte vom Abend zuvor - wie die Freunde von Bendigeidfran in Harlech sieben Jahre lang ein großes Gelage abhielten, während sie Rhiannons Vögeln lauschten. Wie sie sich nach Gwales in Penfro aufmachten und in eine Halle gingen. In dieser Halle war die dritte Tür, die sie nicht öffnen sollten. Beinah hundert Jahre ging's ihnen prächtig, sie wurden nicht älter, noch mussten sie sich um irgendwas Sorgen machen, und der Kopf von Bendigeidfran war so gute Gesellschaft wie eh und je. Diese Atmosphäre erinnerte mich plötzlich an das Eisteddfod[35] von Bala, und wie fröhlich wir auf jenem Eisteddfod waren, und wieviel Spass wir hatten.

Aber das Vergnügen fand ein Ende, als Heilyn fab Gwyn sich in den Kopf setzte, die Tür zu öffnen, weil er unbedingt wissen wollte, was dahinter war. Und natürlich, als die Tür über den Aber Henfelen geöffnet wurde, stürmte durch sie Kummer und Alter und Angst und Tränen und all das Böse, das sich so lang angesammelt hatte. Alles Amüsement verschwand.

Her war die einzige, die in dieser Nacht bei mir blieb, die andern gingen in ihre Betten. Her setzte sich zu mir auf den Boden neben den Sarg und ging die Geschichten von all den Abenteuern durch, die wir zusammen erlebt hatten. Niemand konnte so gut Geschichten erzählen wie Her.

Sie sprach davon, wie wir uns zum allerersten Mal getroffen hatten - eine Geschichte, die ich längst vergessen hatte. Sie sprach davon, wie die Beziehung zu einer Freundschaft geworden war, und von jenen kleinen Dingen, die uns in besonderer Weise zueinander gezogen hatten. Was uns zum Lachen gebracht hatte, und was uns zum Weinen gebracht hatte. Sie sprach von den guten und den schlechten Zeiten, von den Phasen, wo wir stocksauer aufeinander waren, ehe wir uns versöhnten. Wir haben uns ganz selten gestritten, aber wenn zwei so glühende Seelen aufeinander stießen, dann hat sich der Sturm gelohnt. Sie sprach von den Geliebten von uns beiden, von den Herausforderungen und den Pannen, und von der Freude. Sie erzählte Geschichten, die ich schon hundertmal gehört hatte, und sie gestand Sachen, die sie nie zuvor erwähnt hatte. Sie teilte alle ihre Geheimnisse und erinnerte mich an meine. Sie sprach zu mir über ihre Ängste und ihre Hoffnungen, ihre Gedanken und ihre Träume. Sie teilte das alles mit mir.

Sie unterhielt mich die ganze Nacht und die frühen Morgenstunden. Sie muss völlig alle gewesen sein, nach zwei Nächten ohne Schlaf. Aber so eine Art von Kerze war Her, brannte tagelang weiß glühend und verschwand dann für zirka zwanzig Stunden in ihrem Bau, eh sie der Welt wieder gegenübertreten konnte.

Ihre Stimme entfernte sich immer mehr von mir, obwohl sie nur ein paar Zoll von meinem Ohr war, aber ich spürte, wie sie mir entglitt. Ich bemühte mich nach Kräften, zuzuhören, wie sie da ihre Seele öffnete und Dinge sagte, die sie nie zu jemand anderem sagen würde, solang der am Leben wäre. Nicht die Worte selbst waren das wichtigste, was zu hören war. Durch ihre wilde Liebe und ihre extreme Treue hatte sie schon alles Nötige ausgedrückt. Sie war auf einem Strand zurückgelassen worden, und mein Boot entfernte sich immer weiter von ihr. Ihre Silhouette wurde kleiner und kleiner und kleiner. Das leise Flüstern in meinem Ohr hörte auf.

Her hatte von uns beiden die schwerere Aufgabe. Ich hatte auf Anhieb hinnehmen können, was sie nicht hinnehmen konnte - trotz ihres starken Charakters. Sie leugnete die Tatsache hartnäckig, drei Tage lang, sie trotzte der Macht des Todes, aber schließlich war sie doch gezwungen, ihn zu aktzeptieren. Unbestreitbar war das das schwierigste, was sie je gemacht hat. Es wäre ihr leichter gefallen, von ihrer eigenen Seele Abschied zu nehmen. Ja, auch sie musste jene alte Tür zum Aber Henfelen öffnen und den Schmerz durchfließen lassen.

Ich hab's nicht gespürt, aber ich weiß, dass sie's war, die schließlich meine Augen geschlossen hat. Ich war zu Ende.

4. Januar

Meine Erinnerung an diesen Tag ist neblig, wenn es denn ein Tag war. Ein Tag pflegte einen bestimmten Anfang und ein bestimmtes Ende zu haben, und was zwischen diesen beiden Punkten passierte, war das, was dem Tag Form und Geschmack gab. Das machte ihn zu einer Einheit im Jahr, an die man sich erinnern konnte. Jetzt, wo mein Augenlicht, mein Geruchssinn und mein Gehör mich fast ganz verlassen hatten, hatte ich meinen Draht zur Welt verloren. Das Telephon meiner Sinne war abgestellt.

Das war damals in der Zeit von Siliwen mehr als einmal passiert, und es hatte uns mehr beeinträchtigt, als man meinen sollte. Ohne das Klingeln des Telephons als Interpunktion in unserem Leben war es unerträglich langweilig. Es gab nichts, was die Stille störte, niemand konnte anrufen, um uns zu grüßen oder anzubrüllen, niemand lud uns ein, wegzugehen, niemand kontaktierte uns völlig unerwartet vom andern Ende der Welt, niemand verabredete sich, niemand fragte, wie's uns ging, niemand verarschte uns oder bat uns um Hilfe. Wir alle nahmen damals das äußerste Opfer auf uns und verzichteten eine ganze Woche darauf, wegzugehen und uns zu vergnügen, um die Telephonrechnung bezahlen zu können. Was war die Freude groß, als wir das vertraute Klingeln wieder hörten! Es mag Leute geben, die Telephone hassen und sich beim besten Willen nicht mit ihnen anfreunden können. Für mich war das Telephon die wichtigste Erfindung des Jahrhunderts.

Das ist was, wo ein Handy praktisch wäre - in einem Sarg. Ich hatte diese Statussymbole gehasst, aber ich hätte mich einverstanden erklärt, den Sarg mit einem zu teilen. Ich begann mir vorzustellen, was noch alles praktisch wäre, wenn man's im Sarg hätte: Bilder, Bücher, Briefe und kleine Geschenke - Dinge ohne jeden praktischen Wert, bis auf dass sie mir ein Trost wären. Ob Her und Seib es wohl wagen würden, Sachen im Sarg zu verstecken - als Überrraschung? Sicher gibt's diesbezüglich strenge Regeln, um zu überwachen, dass niemand Sachen in die Unterwelt schmuggelt. Ich würd mich nicht wundern, wenn sie unter dem Friedhof eine Röntgenkamera hätten, um sicherzustellen, dass dein Sarg den Sauberkeits- und Ehrlichkeitsnormen des Staates entspricht. Komisch, dass sie kein Instrument hatten, um die Gedanken der Toten zu zensieren.

Danach peinigten mich lange Stunden der Niedergeschlagenheit, Stunden voller Trauer.

Es ist eine seltsame Erfahrung, zwischen zwei Welten zu schweben. Ich bemühte mich, meine Erinnerungen festzuhalten, aber sie entschlüpften immerzu. Es war, als hätte ich ein Ei aus Versehen zerbrochen und würde versuchen, seinen Inhalt in den Händen festzuhalten, während er meinem Griff entglitt.

In meinem Geist hab ich Bilder - Bilder, die schnell vergilben, so dass ich nicht richtig sehen kann, wer darauf ist. Am besten erinnere ich mich an Berührungen - an der Hand nehmen, umarmen, ein Kuss, streicheln, auf einem Sofa warm zwischen Freunden eingezwängt sein. Wärme ist noch so was, was schnell in Vergessenheit gerät, die Wärme einer Teetasse in der Hand, die Wärme eines Kohlefeuers, die durch die Kleidung dringt, die Wärme eines andern Körpers zwischen Bettzeug, die aufreizende Wärme der Sonne auf der Haut. Ich versuche, mich zu erinnern, wie es sich anfühlt, nicht still zu liegen, die Fähigkeit noch einmal zu haben, meinen Körper zu bewegen, zu rennen und zu tanzen und zu laufen und zu singen, wieder beweglich und weich und rund zu sein. Ich möchte das heimelige Geräusch einer tickenden Uhr hören, wie Kinder spielen, den Klang einer Melodie, das Geräusch von Menschen, den Klang eines Lieds. Stimmen vermisse ich mehr als alles Andere.

Ich möchte mich in fließendem Wasser waschen und mir meines eigenen Körpers bewusst sein. In mir ist ein riesiger Appetit auf Erlebnisse, ein Verlangen, Wind zu spüren, Lust, Salz auf meinen Lippen zu schmecken, ein leidenschaftlicher Wunsch, noch einmal ich zu sein, eine Begierde, die Zähne in einen Pfirsich zu schlagen und mich an seinem Duft zu berauschen. Rosen, Wein, der Geruch von Zwiebeln, Muskat, Samt, Scharlachrot, Bitterkeit, Tränen, ein Lied, Honig... ein schnelles Auto, ein lärmendes Telephon, Hektik, Streiten, Schmerz - irgendwas, das diese erdrückende Ruhe stören würde.

Und es kommt immer näher, kitzelt mich an den Zehen, das *große Nichts*, das kommt, um mich zu verschlingen. Es kommt ganz, ganz leise über den Hügel, es hebt die Schleuse und verwandelt sich in einen starken, reißenden Fluss, der vorhat, mich zu ertränken. Es stiehlt mir jedes Körnchen von Erinnerung, sein Bleigewicht drückt mich, es nimmt mir den Atem, es erstickt mich ganz.

Ich war noch nie so mit ihm konfrontiert. Ich hatte mir nie vorgestellt, dass ich ihm allein gegenüberstehen müsste. Irgendwie war immer jemand da gewesen, Mutter oder Vater, Schwester, Nachbar, Freund. Ich war noch nie ohne jemand gewesen, zu dem ich mich wenden konnte. Aber jetzt bin ich ganz allein hier, in meiner Armut und meiner Nacktheit, ohne Macht, ohne Tricks, ohne Verteidigung. Ich - die ich so nett zu mir selbst gewesen war, mir meine Schwächen verziehen hatte, ein Auge zugedrückt hatte, meine Fehler ignoriert hatte, meine Sünden entschuldigt hatte, geglaubt hatte, dass es immer noch eine Gelegenheit und noch einen Tag gäbe, um sich mit den schwierigen Fragen des Lebens auseinander zu setzen.

Jetzt ist das *große Nichts* näher als je zuvor, greifbare Gegenwart, Atem in meinem Nacken, ein beunruhigender Schatten, auf seine Gelegenheit wartend, die Augen voller Gier. Es berührt mich ach so vorsichtig und befühlt die Umrisse meines Körpers. In dem Tasten ist keine Liebe, keine Wärme, nichts als die Gewissheit, dass es mich überwältigen wird. Alles, was ich war, alles, wofür ich gekämpft hatte, alles, woran ich geglaubt hatte, alles, woran ich mich erinnere, alles war kurz vor seiner völligen Auslöschung.

Mit äußerster Anstrengung mache ich einen Schritt von ihm weg, und es lässt es zu. Obwohl ich sein Gesicht nicht sehen kann, weiß ich, dass es seine Augen auf mich geheftet hat. Es spielt Verstecken mit mir, wie eine Katze mit einer Maus, in dem Wissen, dass seine Geduld belohnt werden wird. Es hat die Kontrolle über die Zeit, weil es sie verschlungen hat, und es kann mich so immer weiter psychisch foltern bis in alle Ewigkeit. Es kommt mir wieder näher, fasst mich an, diesmal fester. Es hat keinen Zweck, um mich zu schlagen, ich kann nirgendwohin fliehen.

Da höre ich von irgendwoher ein weit entferntes Geräusch.

Tock-tock.

- Ist das Einbildung?

Tock-tock.

- Wer sollte am Deckel eines Sargs klopfen?

Tock-tock.

- Wo die Privatsphäre aller respektiert wird...

Tock-tock.

- Ob ich wohl aufmachen soll?

Tock-tock.

- Ist es ein Geist?

Tock-tock.

- Dort ist niemand. Es werden bloß sechs Nägel in den Deckel geschlagen. Jetzt stecke ich hier für immer fest.

So wird mein äußerster Alptraum wahr - ich und das *große Nichts* in einem Sarg miteinander eingeschlossen für immer und in alle Ewigkeit.

5. Januar

Ich bin die äußerste Schwäche, die Zerbrechlichkeit von Flügeln, die trockene Träne, der stille Seufzer, der Kummer, für den es keinen Ausdruck gibt. Ich will nicht mehr sein, um das Schwinden sich dehnen zu spüren wie ein Stück Gummi. Warum kann das Leben mich nicht einfach loslassen und mich in einen tiefen Brunnen fallen lassen? Kann es denn sein, dass ich immer weiter so vergehen werde?

Ich kann es nicht wahrnehmen, aber dies ist der Tag meiner Beerdigung. Vielleicht finde ich Ruhe, nachdem ich in die Erde hinabgelassen worden bin - Erde zu Erde, Asche zu Asche, Staub zu Staub. Ich weiß jetzt, wie Staub sich fühlt.

Mein letzter Wille ist, zu Ende zu gehen. Ich flehe, dass ich nicht jenseits des Grabes bei Bewusstsein bleibe. Hoffe jetzt nur noch, dass das *große Nichts* mich verschlingt. Ich bin vollkommen abhängig von einer kräftigen Infusion von einem Anästhetikum, dessen Wirkung bis in Ewigkeit andauert. Ich will endgültig sterben.

Kann sein, dass sie jetzt in der Kirche sind, mitten im Trauergottesdienst. Gut, dass ich ihre falschen Nachrufe und ihre leeren Worte nicht hören kann. Das einzige, worum ich euch inständig bitte, ist, das ihr stellvertretend für mich ein Gebet sprecht. Bloß ein kleines - für den Fall, dass jemand zuhört. Es ist ein Trost, dass sie dort sind, dass sie mich noch nicht verlassen haben. Ein Bild erscheint klar vor meinem inneren Auge. Das Bild von Persephone, die in die Unterwelt hinuntergeht. Ihr Kleid ist leicht, hell, und es ist unglaublich schön. Sie erleuchtet das Bild vor dem Hintergrund der pechschwarzen Dunkelheit der Unterwelt. Und ich erinnere mich an die schreckliche Angst in ihrem Gesicht. Die Sicherheit in jenen hübschen Augen, dass sie nie wieder das Tageslicht sehen wird. Ich will nicht Persephone sein.

Bin ich in der Schmalspurbahn in die Unterwelt? Wird Petrus dort am Ende der Gleise stehen?

Wird er den Deckel des Sargs aufheben, um zu sehen, wer drin ist, und dann in sein Buch sehen?

Wird er Mitleid mit mir haben und mich in den Himmel schicken, oder wird er mich auslachen und mich auf das Gleis in die Hölle setzen? Wie kann ich wissen, was für einer Petrus ist? Was, wenn er der Teufel ist? Ich hab nicht die geringste Ahnung. Ich weiß nicht, wie die Sache funktioniert.

Nach unten, ich bin definitiv auf dem Weg nach unten. Es ist genau, wie in einem Aufzug zu sein und die Schwerkraft mich anziehen zu spüren. Dies ist die Reise, wo ich die Grenze überschreite und die Welt der Zeit verlasse. Ich werde zu einer außerordentlichen Macht hingeführt, nein, gesogen. Von irgendwoher höre ich eine Melodie, ich höre klar die Töne eines Lieds. Ist sie vor mir als Melodie zu meiner Begrüßung? Wird sie hinter mir am Grab gesungen? Plötzlich weiß ich, dass sie zur alten Welt gehört, es ist das Lieblingsweihnachtslied meines Vaters. Ich hab es regelmäßig jede Weihnachten gehört, aber ich hab ihm nie zuvor so gelauscht:

> *"Duw a'm cofiodd, Duw a'm carodd,*
> *Duw osododd Iesu'n iawn;*
> *Duw er syndod ddaru ganfod*
> *Trefn gollyngdod inni'n llawn."*[36]

Das Lied singt von der Ankunft der Weisen, von einem Tag, an den man sich erinnern wird, von einem alten Versprechen, das sich erfüllt. Soll ich zu hoffen wagen, dass in den Worten ein Körnchen Wahrheit ist? Dass etwas davon Sinn macht, dass das Ganze kein Aberglaube ist? Ist es zu spät, dass ich daran glauben kann?

Da geschah etwas sehr Merkwürdiges, etwas, das begreifen zu wollen keinen Zweck hat. Da ihr ja auf der andern Seite der Grenze seid, ist es schwer zu erklären, aber ich muss es versuchen. Es ist unmöglich, es in der Sprache von Sterblichen zu übermitteln. Die Sprache fesselt mich. Während die Worte gesungen wurden, und während ich wie irre nach einem Körnchen Bedeutung suchte, spürte ich den Sog stärker. Dort war definitiv *jemand*, und er wollte unbedingt, dass ich weiterschritt. In Ermangelung irgendeiner anderen Wahl trieb ich in seine Richtung, und es gibt weder Form noch Mittel, womit ich euch mitteilen könnte, was ich erlebte. Mir ist klar, dass ihr noch in den beschränkten Kategorien von Sehen und Fühlen denkt.

Habt ihr je erlebt, dass jemand euch leidenschaftlich begehrt? Dass ihr für diese Person mehr bedeutet als für irgendjemand sonst? Sei's ein Elternteil, ein Geliebter, ein Kind, ein Freund, ihr kennt die glühende Stärke jenes begierigen Verlangens. Sie wollen euch unbedingt haben, sie sehnen sich, mit euch zusammen zu sein. Schlecht gelaunt oder voller Fröhlichkeit, gerade so, wie ihr seid, wollen sie bei euch sein und alles mit euch teilen. Liebe ist das Wort, das ihm am nächsten kommt, scheint's, und doch klingt es so schwach und nichtssagend.

Nennt es Liebe, Leidenschaft, was immer ihr wollt, ich spürte es im Klang dieses Lieds. Die Worte des Lieds wurden gleichbedeutend mit dem Gefühl, das ich erlebte, bis sie in eins verschmolzen. Von irgendwoher, ich weiß nicht, von wo jenseits der Erde, spürte ich Arme, die sich mir entgegenstreckten. Ich wurde umarmt und wurde an einen Busen gedrückt. Ja, so einfach war es. Der Weg der Erlösung hat eine Bedeutung.

Da war die äußerste Erlösung, und am meisten erstaunte mich, dass sie so außerordentlich zärtlich war. Diese große *Macht*, die ich so lang gefürchtet hatte, sie war so unglaublich sanft! Sie streichelte mich, sie vergoss Tränen über mich, ich spürte die glühende Wärme ihres Busens, und der Seufzer war einer der Befreiung. Warum hatte ich so lang Distanz gehalten? Warum hatte mir niemand gesagt, dass sie so war?

Nackt stand ich ihr gegenüber und nahm sie an. Da geschah es. Da dämmerte es mir. Beim Klang des Halleluja am Ende wurde alles klar. Die Hindernisse waren weggeräumt. Da war also jemand an meiner Stelle zur Schlachtbank gegangen, der Preis war bezahlt worden! Alles hatte einen herrlichen Zweck, und das *große Nichts* war besiegt. Ja, ich habe die Schuld der Welt kennen gelernt, Gott weiß, dass ich genug davon kennen gelernt hab, aber ich hab auch die Kraft der Reue kennen gelernt. Ich spürte, wie die Liebe sich nach mir sehnte, für mich Fürsprache einlegte, mich rein wusch und mich an sich zog. Zukunft, Gegenwart und Vergangenheit wurden eins, als ich die Zeit losließ. Ja, ich hab die Extraportion Gnade erfahren.

Es war ein herrlicher Sonnenaufgang, ein Sonnenaufgang, wie ich nie dergeichen geträumt hatte, ein phantastischerer Sonnenaufgang, als ich mir auszumalen gewagt hätte, ein Sonnenaufgang, der nicht zu Ende gehen würde.

Anmerkungen

1. Gefängnis in Liverpool.
2. Anspielung auf *Cymdeithas yr Iaith Cymraeg*, Interessengruppe zur Bewahrung der walisischen Sprache, die durch gewaltfreie Protestaktionen einen offiziellen Status für das Walisische erkämpft hat.
3. Walisisch *San Steffan* bedeutet sowohl 'Stephanstag/zweiter Weihnachtstag' als auch 'St. Stephen's Palace/Westminster'.
4. Engl. *Snowdon*, der höchste Berg von Wales
5. Greenham Common, amerikanischer Luftwaffenstützpunkt in England. 1981-2000 war hier ein Friedenscamp von Frauen gegen *cruise missiles*, das Waliserinnen begründet hatten.
6. Staatliche Unterstützung für Arbeitslose, die sich selbständig machen wollen.
7. Vergleichbar dem deutschen Gesundheitsamt.
8. Nationalistischer Dichter und Philosoph des 19. Jh.
9. Walisischsprachige Wochenzeitung.
10. Der walisischsprachige Fernsehsender.
11. Der walisischsprachige Radiosender.
12. Helden der walisischen nationalistischen Bewegung von 1938 bis heute.
13. Viele dieser Namen sind Anspielungen auf lokale Literatur.
14. Die walisische nationalistische Partei.
15. Gemeindezeitung.
16. Spottname für Prinz Charles.
17. Sir Hugh Owen, walisischer Pädagoge.
18. Anspielung auf eine Episode aus der mitteralterlichen Sagensammlung der *Mabinogi*: Branwen, eine walisische Fürstentochter, die in Irland gefangen gehalten wurde und in der Küche arbeiten musste, brachte einem Star das Sprechen bei und schickte ihn übers Meer zu ihrem Bruder.
19. James Conolly, irischer Nationalheld.

20   Eine Episode aus den *Mabinogi*.

21   Aus Shakespeares *Richard III*.

22   Eine weitere Geschichte aus den *Mabinogi*: Gwydion machte mittels seines Zauberstabs eine Frau aus Blumen.

23   Das nationale Freilichtmuseum von Wales.

24   'Sie haben mich geliebt, sie haben sich meiner erinnert,
Haben mich gesucht und gefunden und mich aufgehoben,
Sonne meines Lebens durch den Tod,
Quelle meines Mutes, Summe meiner Sehnsucht.'

25   *Gorsedd y Beirdd*, walisischer Orden, in den wichtige Persönlickeiten der Kultur und des öffentlichen Lebens aufgenommen werden

26   Eine weitere Sage aus den *Mabinogi:* Bendigeidfran war ein adliger Riese, groß genug, um seinen Gefährten als Brücke zu dienen.

27   *Blêr* bedeutet 'verwahrlost, schlampig' und ist zugleich die phonetische Entsprechung zu *Blair*.

28   Kleine Insel vor der Westküste von Wales, Pilgerziel.

29   William Williams Pantycelyn, religiöser Dichter des 18. Jh.

30   = engl. *compensation*, Entschädigung.

31   In der *Guy Fawkes Night* am 5. November werden in manchen Gegenden Strohpuppen gemacht, mit denen man durch's Dorf zieht und um einen *"penny for the guy"* bittet.

32   Was hier als *Bahre* übersetzt ist, ist im Original das englische Lehnwort *stretcher*.

33   *Elor* ist ein Tragegestell für Särge.

34   Mit genügend Phantasie kann man in einer Felswand der Wyddfa eine Frauengestalt erkennen, die "Königin der Wyddfa".

35   Kulturfestival.

36   'Gott hat sich meiner erinnert, Gott hat mich geliebt,
Gott hat Jesus als Sühne geschickt;
O Wunder, Gott hat uns
Einen Weg der Erlösung gefunden.'